小学館文庫

桜嵐恋絵巻

火の行方

深山くのえ

小学館

目次

登場人物

藤原詞子《ふじわらのことこ》……中納言家の大君。呪われた姫、鬼姫と呼ばれる。
源雅遠《みなもとのまさとお》……左大臣家の嫡子。無官だったが従五位下となる。
藤原艶子《ふじわらのつやこ》……詞子の異母妹。
淡路《あわじ》……詞子の女房。
葛葉《くずのは》……詞子の女房。
源利雅《みなもとのとしまさ》……雅遠の異母弟。五位蔵人。
藤原国友《ふじわらのくにとも》……中納言。詞子の父。右大臣派。
源雅兼《みなもとのまさかね》……左大臣。雅遠の父。
兵部卿宮敦時《ひょうぶきょうのみやあつとき》……先の帝の末弟。

安倍保名《あべのやすな》……雅遠の乳兄弟。大膳少進。
瑠璃《るり》……詞子が飼っている黒猫。
玻璃《はり》……詞子が飼っている白黒のぶち猫。
有輔《ありすけ》……詞子の使用人。妻は小鷺《こさぎ》。息子は筆丸《ふでまる》。
爽信《そうしん》……出家した坂川信材《さかがわのぶき》。
爽楽《そうらく》……元は明法博士の老僧。
牛麻呂《うしまろ》……詞子の使用人。元盗賊。
朱華《はねず》……牛麻呂と一緒にいた少女。
登花殿の女御《とうかでんのにょうご》……前の右大臣の娘。澄子《すみこ》。

膝に広げた黄の衣に、御簾《みす》越しの陽射《ひざ》しが薄く影を作り、風が吹くたび濃淡がゆらめく。

かさり、かさりと、微《かす》かに聞こえる乾いた音は、簀子《すのこ》に舞い落ちてきた枯葉だろう。針を進めていた詞子《ことこ》は、ふと顔を上げて、御簾の向こうの庭を見た。

「いち、に……さん、し、ご……」

明るい日の下に、なかなか思うように弾んでくれない鞠《まり》を懸命に追いかけては蹴り上げている筆丸《ふでまる》と、一緒になって走りながら、それを数える朱華《はねず》の姿と――

「その調子だ。ほら、そっちにいったぞ」

雅遠《まさとお》が階《きざはし》の中ほどに腰掛け、右へ左へ動く子供たちを笑って眺めている。その横顔を、詞子は縫い物の手を止め、しばらく見つめていた。

「――姫様」

振り向くと、この家のたった二人の女房、淡路《あわじ》と葛葉《くずのは》が、それぞれ両手に布を抱えて、部屋に入ってきた。

「先だって染めたものが乾きましたので、持ってまいりました」

「色はどう？」

「いい感じになりましたよ」

詞子の前で葛葉が、濃さの違う、二種類の蘇芳色《すおういろ》に染め上がった布を広げて見せる。

「これはいいわね。……こっちのは、少し濃すぎたかしら」

「蘇芳は褪《あ》せやすいですからね。このくらい濃くてもいいと思いますけど」

「そっちは？」

「はい、これもきれいに染まりましたよ」

淡路が笑顔で、刈安色《かりやすいろ》の布を広げた。詞子が手にしている、鮮やかな黄色とも異なった、やわらかく落ち着いた黄の色に、詞子もうなずく。

「それじゃ、濃い蘇芳はそのうち袴《はかま》にでもするから、しまっておいて。こっちの蘇芳と刈安の半分は、二人で使って。単《ひとえ》でも袿《うちき》でも、好きなものを仕立てていいわ」

「ありがとうございます」

「……子供たち、まだ蹴鞠《けまり》で遊んでたんですか」

葛葉が、もう半時も経《た》つのにと顔をしかめ、その横で、淡路も苦笑した。

「久しぶりに鞠を教えていただけると、はしゃいでいましたけれど……そろそろ引き上げさせましょうか」

「いいじゃないの、天気もいいし。頃合いを見て、わたくしが声をかけるから」

筆丸が蹴り損ねて、朱華が残念そうな声を上げる。

「――二人も、急ぎの仕事でもなければ、のんびりするといいわ。唐菓子《からがし》を作ったのでしょう？　先にお食べなさい」

「そうですか？　では……」

淡路と葛葉が布を持って下がり、庭では一から蹴り直している筆丸に、雅遠が座ったまま声をかけていた。

「上に高く蹴るんだ。遠くじゃない。そうそう……」

朱華が七回まで数えたところで、追いつけなかった筆丸が、鞠を拾って持ってくる。

「もう一度お手本見せてくださいっ」

「よし。いいか、筆丸はときどき、爪先がこうなってるだろ。そうじゃなくて、足の裏を見せないように……」

鞠を受け取った雅遠が、階から下りて、鞠を蹴った。白い鞠はまっすぐに上がり、そのまま落ちてくる。詞子はもちろん鞠を蹴ったことなどないが、筆丸の苦戦ぶりと比べずとも、雅遠が巧《うま》いのだろうということはわかる。

「旦那様、上手ー！」

ほとんどその場を動きもせず鞠を蹴り続ける雅遠に、朱華が手を叩《たた》いて声を上げた。

朱華は雅遠を、旦那様、と呼ぶ。

結婚しているわけではないのだが、雅遠がこの家の婿だと名乗ったのを、すっかり信じてしまっているらしい。

もっとも、三日に上げず通ってきてはしばしば泊まっていく、この状況から、雅遠はどういう者だと問われれば、もはや婿だと答えるのが、一番適しているかもしれない。……ただ、世間には秘する仲だというだけで。

この家の主たる詞子の、少々複雑な心境をよそに、無邪気な子供は雅遠を旦那様と呼び、雅遠は嬉々《きき》として返事をする。

「ほら、もう一回やってみろ」

「はいっ」

鞠を返された筆丸が、再び右へ左へ走り出す。詞子はその様子に笑みを浮かべ、また手元に目を戻し、布の端まで縫い進めて、糸を結んで切った。針をしまい、たったいま縫い終えたところを、指で丁寧に伸ばして整える。

「――あーっ！」

朱華の叫びと同時に、衣に映った御簾の影が大きく揺れた。飛んできた鞠が御簾に跳ね返され、簀子に落ちる。

「桜姫《さくらひめ》――」

すぐに駆け上がってきた雅遠が、御簾を押し上げて顔を覗《のぞ》かせた。

「大丈夫か？　当たらなかったか」

「はい」

「ごめんなさい、姫様……」

「平気よ。御簾にしか当たっていないわ」

御簾がなくとも、軽い鞠が当たったところで、どうということもないだろうが、詞子は雅遠にうなずき、階から心配そうにこちらをうかがっている子供たちにも、笑顔を向けてやった。

「縫い物は済んだのか？」

鞠を拾って筆丸に投げ返し、雅遠が詞子の手元を覗きこむ。

「はい。いま、ちょうど……」

「そうか」

雅遠は御簾を持ち上げたまま、庭のほうへ声をかけた。

「筆丸、朱華、今日はここまでだ」

「はぁい」

「旦那様、ありがとうございましたっ」

……とうとう筆丸まで旦那様と呼び始めた。この様子では、他の家人も、もうそのように呼んでいるのかもしれない。

子供たちが走り去り、雅遠は御簾をくぐって部屋の中に戻ってきた。詞子の側《そば》に腰を下ろして、縫い上がった単を手に取る。

「いい色だな」

「以前にいただきました梔子《くちなし》と蘇芳で、たくさん染めました」

「今日は誰のを縫ってたんだ？」

「これは、あなた様の単です」

「また俺のか？」

唸《うな》るように言って、雅遠は唇を尖《とが》らせた。自分の着るものを作ればいいのに——という意味だろう。

雅遠を横目に見て、詞子は小さく笑い、単をたたんだ。

「わたくしの着るものは充分にございます。もちろん淡路と葛葉のぶんも……。以前でしたら、こうして季節ごとに新しい衣など仕立てられませんでした」

「足りないものがあれば遠慮なく言えよ？　そうでなくちゃ、俺は何のために、そなたに逢《あ》う時間を削られてまで出仕してるのか、わからん」

そう言って、雅遠は、詞子の肩を抱き寄せた。

——この秋から、雅遠は出仕していた。

登花殿《とうかでん》の女御《にょうご》の実家に侵入した盗賊の捕縛に協力したことで、それに感謝した帝《みかど》から、正五位上《しょうごいのじょう》の位を授けるので、ぜひ雅遠を蔵人《くろうど》の少将に任じたいと、希望があったのだという。

ところが、事はそう簡単にはいかなかった。

ひと月ほど前に開かれた臨時の除目《じもく》で、まず問題になったのが、正五位上という位階だった。初めは、いくら大臣の息子とはいえ、いきなりその位は高すぎるという意見と、帝の意向ならば、そのようにすべきだという意見に割れたが、最終的に、先例から見ても、従五位下《じゅごいのげ》から始めるのが妥当だろう、ということで落ち着いた。

これは左大臣の息子の出世を抑制したい右大臣派と、帝の信頼を得て勢いづきたい左大臣派が、真っ二つに分かれたせいだったのだが、結局は、先例を無視して親馬鹿と思われたくなかった、雅遠の父である左大臣が、遠慮して収まった格好になった。

そうなると、次には、昇殿の経験もないのに蔵人と近衛《このえの》少将を兼任させるのも、いかがなものか、という話になる。

ちなみに左大臣は、この論議からは早々に身を引いた。蔵人は帝に近侍する、重要な役職である。昔から出来が悪いと思ってきた息子を、あえて蔵人に推しても、後で何かとんでもない失敗でもしてしまったら、糾弾されるのは親の自分だと考えたのだろう——とは雅遠の見方だが、とにかく、左大臣が口出ししなくなったことで、かえって話し合いは紛糾した。

非蔵人《ひくろうど》から始めるべきだ、いや近衛少将だけでいいだろう、そもそも任官自体、次の正式な除目からでいいではないか――等々、欠員の補充を決める程度の、通常なら一日で終わる臨時の除目は、予定より半日近く長引き、結果、雅遠は、まずは従五位下という位からは異例だが、蔵人の見習いである非蔵人として出仕、昇格や兼任など、以後のことは、働きぶりを見てから、春の除目であらためて議論されることになった。

詞子が雅遠と保名《やすな》から聞いた話では、だいたいこのような状況だったらしいが、周囲の騒ぎに反して、雅遠は任官から今日まで、いたって落ち着いている。

ただ、落ち着いているとは言っても、忙しくなっていないわけではない。

「……大変でしょう」

「うん？」

「こちらまで通うのは……」

雅遠の邸宅は四条《しじょう》にあり、ここは川を渡った白河《しらかわ》である。出仕して、四条の家に帰り、白河に来て、また四条に戻って出仕して……という暮らしは、相当慌しいはずだ。

しかも、雅遠がここに通っているのは、秘密のことである。

白河の鬼姫《おにひめ》。

右大臣の腹心たる二条中納言《にじょうちゅうなごん》の娘でありながら、幼いころに、父が捨てた恋人からの呪いを受けて以来、親からも恐れられ、異腹《ことはら》の妹と立場を入れ替えられ、世間からは隠され続けて、そしてとうとう半年前に家からも追い出され、わずかな供だけを連れて、この別邸に移り住んだ。

　関われば災いが起きると誰もが忌み嫌う自分に、唯一手を差し伸べてくれたのが、右大臣の政敵である左大臣の子息だったとは、何という皮肉な巡り合わせだろう。

　もっとも、そう思っているのは、詞子だけなのかもしれない。雅遠のほうは、呪いも家の確執も、何も気にすることもなく、父親ですらほとんどしてくれない暮らしの援助から、家人の子供の遊び相手まで、喜んでしてくれている。

「ここに来るのに大変なことはないが——」

　ゆっくりと、雅遠の手が、詞子の髪を撫《な》でる。

「いちいち四条に戻るのが面倒だな。どうせ、あっちに寄ったところで、何があるわけじゃなし。せいぜい着替えるぐらいだ。そのくらいなら、向こうの女房どもなんかより、桜姫のが、よっぽど丁寧に俺の世話をしてくれる」

　桜姫——と、雅遠は、詞子のことを呼ぶ。

　他の誰も、呼ばない名で。

「……ですが、四条には、御来客などもおありでしょう」

「あー……まぁ、変な挨拶をしに来るやつは増えたな」

　目を上げてみると、雅遠は、何を思い出したのか、苦い顔をしていた。

「変な挨拶、ですか？」

「へらへら笑って、私は何某《なにがし》でございます、以後お見知り置きを、御父上にどうぞよろしく、ってやつだ。あれは気味が悪いぞー」

嫌がっている表情がむしろ滑稽で、思わず詞子がくすりと笑うと、雅遠は子供が拗《す》ねたような顔を見せた。

「笑い事じゃないんだぞ。しかも、そういうやつに限って挨拶が長いんだ。こっちは早く白河に行きたいってのに」

「そんなに焦らなくても……」

「少しでも早く、そなたに逢いたいからな」

そう言って、雅遠が詞子の額に口づける。

あたりには他に誰もいないが、つい詞子は、隠れるように首をすくめた。

「あの……でも……」

「うん？」

「……無理は、しないでください」

雅遠が、明らかに無位無官だったころより忙しくなっているのは、わかっている。

それなのに、暇を見つけてはここに来てくれるのは、もちろん嬉《うれ》しいのだが。

「わたくしは他にどこへ行くことも、二条の家へ戻るつもりもありません。……いつでも、ここにおりますから……」

「別に、急いでここに来ないとそなたが逃げるとか、そんなことは思ってないが――」

雅遠は笑いながら、肩にかかった詞子の髪を指で梳《す》いている。

「いまはまだ、覚えなくちゃならないことが多いからな。仕事のやり方がわかってくれば、もうちょっと余裕もできる。そうしたら、前みたいに、焦らないでここに来られるはずだ」

だから、その余裕ができるまでは無理をしないように、という意味なのだが、この調子では、結局何を言っても、雅遠は通ってくるのだろう。

詞子は微笑《ほほえ》んで、目を上げた。

「わたくしも、何かお手伝いできればいいのですけれど」

「そなたも？」

「爽楽《そうらく》様のところで、お勉強されていらっしゃると聞きました。わたくしには、そのようなお手伝いはできませんし……」

詞子の妹、艶子《つやこ》に懸想した一件で、出家した爽信《そうしん》が世話になっている、爽楽という老僧の庵《いおり》が、白河の別邸の近くにある。雅遠は、昔、明法博士《みようぼうはかせ》だった爽楽から、学問を教わっているのだという。雅遠の乳兄弟《ちきようだい》である保名の話では、最近では、爽楽と同じように出家した、かつての同僚らも集まって、なかなか賑《にぎ》わっているらしい。

「爽楽の……あれはなー、お勉強とかいう生易しいもんじゃないぞ。暇な坊さん仲間がよってたかって、次から次へ、難問ばっかりふっかけるんだ」

「そんなに厳しいんですか」

「いや、あれは俺をからかって遊んでるんだ。絶対そうだ」

……雅遠がここまで渋い顔をするほどの、どんな問答が行われているのか、一度見てみたい気もするが。

「そのうえ桜姫にまで勉強の手伝いをされたら、俺はおちおち休めないだろ。手伝いって言うなら、桜姫は俺が出仕するとき、いろいろ相談に乗ってくれたじゃないか」

「あれは……御相談に乗れたというほどのことでもございません」

やはり初めて参内《さんだい》するときには、どのように周りと接すればいいのか、どのように仕事に臨めばいいのか、雅遠にも不安があったようで、何度か話は聞いたが、世情に疎い詞子には、ありきたりな返事しかできなかった。

「でも、つまらん喧嘩《けんか》は買ってないし、いいやつと底意地の悪いやつの区別もつくようになったから、やっぱりそなたに聞いておいてよかったな」

そういえば、勝手のわからないことは、わからないままにしておくより、誰かに尋ねたほうが早いだろうし、それで教えてくれない者がいれば、腹を立てず、別の親切な者に尋ね直せばいいのではないかと、たしか、そんなことは言ったように思う。

しかし。

「わたくしの話など、気になさらなくても……」

「桜姫の言うことは聞くぞ。そなたは俺の、一番の味方だろ。だから、そなたの言うことが一番確かだ」

「……」

あっさりと。

雅遠は、いつだってこういうことを言ってのけるのだ。

そうして、これまで恐れられるばかりで、全幅の信頼を寄せられたことなどない自分は、そのたびに返事に困ってしまう。

途惑い、うつむいた耳元で、雅遠が声を低くする。

「ま、その他に何かっていうなら、双六《すごろく》の相手とか、琴を聴かせてくれるとか、膝を貸してくれるとか……」

雅遠の指が顎の先にかかり——そっと顔を仰《あお》のかされて、唇が、触れ合った。

「……一緒に、寝てくれるとか」

にこりと、雅遠が笑う。

「桜姫にしてほしいことは、山ほどあるな」

「……それは……いつも……」

「だから、いつもどおりでいいんだ」

「雅遠様――」

「と、言いたいところなんだが」

それまでの、ささやくような口調を急に変えて、雅遠はちょっと困ったような表情で、額を掻《か》いた。

「実は、頼みたいことが、ないわけでもない」

「あるんですか？」

「……最近、四条の、俺の住んでる対《たい》の屋《や》に勤めてる女房が二人辞めたんだが、それが、どっちも縫い物と染め物の得意な女房だったんだ」

よりによって二人とも、先だっての臨時の除目で、欠員のあった地方官に任じられた者の妻だったので、夫についていってしまったのだと、雅遠が言う。

「仕方ないから、他の女房どもに縫い物をさせても、仕事が粗いというか……まぁ、つまり下手なんだ。時間をかければ、そこそこの出来にはなるんだが……」

「わたくしが――」

縫います、と言いかけて、詞子は口をつぐんだ。

「桜姫？」

「……いいえ。駄目ですね、出すぎた真似《まね》は」

詞子がいつも仕立てているのは、雅遠が、ここだけで着るものだ。四条に戻るときには、四条の女房が作った衣に、ちゃんと着替えさせている。

雅遠とて、とうに元服した男子なのだから、女の家へ通ってもおかしいことはないが、もしもその相手が、白河の鬼姫であると世間に知られては、せっかくこれから出世しようという雅遠の、評判に関わるだろう。特に左大臣は、右大臣派に属する者の娘のもとへは通うなと、息子に厳命しているらしい。……もっとも、雅遠が言いつけを守っていたら、ここにはいないわけだが。

関わりは、隠さなくてはならない。だから、ここで仕立てた衣を、四条の屋敷で着てもらうわけにはいかないのだ。

「何だ、俺のものばかり縫ってるのに、四条で着るぶんは作ってくれないのか？」

これだって――と、雅遠が縫い上がったばかりの、黄の単を摘《つ》まんだ。

「ここでの雅遠様のお世話は、わたくしがいたします。……ですが、お屋敷にはお屋敷の方々がおいでなのですし……わたくしが縫ったものをそちらに置いては、誰のものかと思われるでしょう」

「そんなに気にされないと思うけどな」

「いいえ。自分で染めたもの、縫ったものでない衣は、わかります」

雅遠は眉根を寄せて、むぅと唸る。

「……絶対、そなたが縫ってくれたもののほうがいいんだがなぁ」

「ほつれを直すとか、そのくらいはいたします」

「仕方ないか。……うるさい女房どもが下手に騒いで、父上の耳にでも入ったら、そのほうが面倒だろうしな」

「お役に立てなくて……」

すみません、と言おうとした口を、指先で封じられた。

雅遠が、顔を覗きこんでくる。

「役に立つとかどうとか、そんなことはどうでもいい。そなたがこうして相手してくれるだけで、俺は楽しいんだ」

「……雅遠様」

「そういうわけだから――」

雅遠は詞子を腕の中に収めたまま、ごろりと横になった。雅遠の上にのしかかるような格好になってしまい、詞子は慌てて起き上がろうとしたが、雅遠は詞子を抱えて、放そうとはしない。

「あの……」

「さしあたって、ちょっと昼寝に付き合ってくれ。その後、双六でもしよう」

「……では、今日は夕方にはお戻りに？」

「いや？　泊まっていく」

片腕で詞子の背を抱き、もう片方の腕で手枕《てまくら》をしながら、雅遠があくびをする。

「泊まっていくから、昼寝しておくんだ」

「はい……？」

「夜更かしするだろ」

「……」

詞子は顔を隠すように、雅遠の脇にもぐりこんだが、それでも頭の上で、耳が赤い
——と雅遠が笑うのが聞こえていた。

＊＊　　＊＊　　＊＊

「えーと……次。左兵衛府《さひょうえふ》」

「左兵衛府……あれ、もう一枚ありませんかねぇ」

「ん？　ああ、これかな」

雅遠は膝の上で取りまとめていた紙の束を探り、一枚抜き出して、傍らの机に置いた。その机で、筆を片手に雅遠が手渡した文書に目を通している、年のころ三十前くらいの官人は、六位蔵人の滋野惟元《しげののこれもと》である。

今日の蔵人所《くろうどどころ》は、慌しい雰囲気に包まれていた。月に一度、各所の官人の勤務日数を集計する日ということで、出勤状況を示す紙を抱えた小舎人《こどねり》たちが、朝から忙《せわ》しなく行き交っている。

「……十二？　ずいぶん少ないなぁ……」

「誰です？」

「左兵衛少尉《さひょうえのしょうじょう》の吉野《よしの》です。大方、病休か何かでしょうが……」

雅遠はもう一度紙束をめくって、ざっと中身を見直した。

「……添えの書面はないな。ちょっと行って、理由を確かめてきますよ」

「行くって、どちらへ？」

「左兵衛府に」

「あ、ちょっ――雅遠どの！」

立ち上がりかけたところを、下襲《したがさね》の裾を引っぱられて、雅遠は無理やり座らされる。

「何ですか、惟元どの」

「わざわざ貴殿が行かれることはない。小舎人か雑色《ぞうしき》に頼めばいいんです」

「しかし――」

「雅遠どの」

惟元は少し顔をしかめて首を振り、声を落とした。

「このような雑務も厭《いと》わず、御自分でよく動かれるのは、貴殿の良いところだと思います。ですが、貴殿のようなお立場の方がよく動くと、かえって目立つでしょう」

「あー……」

雅遠はため息をついて、額を押さえた。……面倒だ。こうやって、人の目を気にしなくてはならないというのは、本当に面倒だ。

「……俺は、ただの非蔵人なんだがな……」

「しかし、五位の公達《きんだち》ですよ」

雅遠の独り言に律儀に返事をして、惟元は通りかかった小舎人に、左兵衛府へ行くようにと指示を出した。小舎人と入れ違いに、六位蔵人の中で最高齢の紀真浄《きのまきよ》が、部屋に入ってくる。

「おーい、惟元——何だ、緋《ひ》の若造、ここにいたか」

「ここにいますが、その呼び方はそろそろやめませんか、真浄どの」

「心配するな。おぬしがめでたく三位の公卿《くぎょう》になったら、黒の若造と呼んでやる」

真浄は軽口を叩きながら床に腰を下ろし、雅遠が抱えている紙束の上に、さらに別の紙束を載せてしまった。

「衛門府《えもんふ》の月奏文だ。回覧させる前に、若造の目のいいところで、おかしな箇所がないか確認してくれ。わしは最近どうも、細かい字が見えにくくてな」

「見るのは構いませんけど、こっちと重ねないでくださいよ。まざったら厄介──あ」

「何だ？」

「右衛門府に、同じ名前が二つある。……これです。二枚目と三枚目」

真浄が白髪の鬚《ひげ》をひねりながら、目を細めて紙を見比べる。

「……重複か？」

「いや、どっちかが違う人物じゃないですか。名前は同じ坂上綱長《さかのうえのつななが》ですが、内容が違うんで」

「坂上？　ああ、そういえば、あそこには紛らわしい兄弟がいたんだったな。──若造、ちょっとこっちで、坂上継長《つぐなが》ってのがあるか、探してくれ」

真浄は、脇に抱えていた別の紙束を広げて、雅遠に差し出した。雅遠は二度見直して、ようやく真浄に言われた名前を探し当てる。

「坂上継長って……これですか？　右衛門大尉《うえもんのだいじょう》……何だこの汚い字」

「それだ、それ。そいつだ。そいつの字が汚いもんで、よく小舎人が間違える。しかも兄の継長が右衛門大尉で、弟の綱長が右衛門少尉だ。ややこしいったらないぞ。若造も憶《おぼ》えとけ」

「……はぁ。気をつけます」

このひと月、仕事を覚えるほかに、何十人の名前と役職を頭に叩きこまれたことか。

「あとはどうだ？」

「えーと……」

雅遠は慎重に目を通し、一枚ずつ真浄に返していった。そのあいだにも、小舎人らが入れ替わり部屋にやって来て、惟元に何か報告していく。

「……あとは、いいんじゃないですかね。俺が見た限りですけど」

「そうか。坂上のだけは訂正しなくてはならんな。……ああ、いかん」

真浄が立ち上がった拍子に、何枚かの文書が、その手から落ちて散らばった。それを拾おうと、雅遠が手を伸ばしたところに、ちょうど部屋の外の廂《ひさし》を、数人の殿上《てんじょう》人《びと》が通りかかった。

「おや——何とも妙な様子だ。緋の色が、緑に囲まれ這《は》いつくばっている」

もう振り返らなくても、この癇《かん》に障る口調の主と、その周りでやけに甲高い声で笑う者たちが誰なのか、憶えてしまった。……右大臣の嫡子、右近衛中将と兼任のため頭中将《とうのちゅうじょう》と呼ばれる、蔵人頭《くろうどのとう》の藤原善勝《ふじわらのよしかつ》と、その取り巻きたちだ。

「いや、これは同じ深緋《ふかきひ》を着る者として、見ていられませんなぁ」

「まことに、その色にふさわしい態度というものがありましょうて……」

善勝や取り巻きどもが、何を言いたいのかということぐらいは、雅遠にもわかっていた。宮中に参内するときには必ず着る——いまも着ている、束帯の色の話だ。

三位以上の上達部《かんだちめ》と、最近では四位の殿上人も、黒い色の袍《ほう》を着用し、その下の五位は深緋色、一部の官人は浅緋色《あさきひいろ》で、六位以下は緑と決まっている。だから、六位蔵人の惟元や真浄は深緑の袍だが、立場は見習いながら従五位下の位である雅遠は、深緋の袍だった。

つまり、上位の者が下位の者の仕事を手伝っているということが、善勝らには珍奇に見えるらしく、それでは五位の威厳もないという非難もこめて、わざわざ嘲笑しているわけである。

……あー、うるさい。

邪魔だからとっとと立ち去れ——と蹴り倒してやりたいのは山々だが、相手は一応、目上の者たちで、しかも関わると厄介な政敵の一派である。

「いやいや、もしやこの色の名を存ぜぬということかも……」

「何と、それではどなたか、教えて差し上げねば」

品のない笑い声が、耳につく。せっかく上等な扇で顔を隠しても、これではたいした意味などない。

雅遠は真浄の落とした文書をすべて拾い、丁寧に束ねて真浄に返した。

「これで全部ありますか」

「ああ、助かった。自分で拾おうにも、どうも屈《かが》むと腰が痛んでな。——まったく、最近は見栄《みえ》ばっかり気にして、年寄りの難儀にも手を貸そうとしない若い者が多くていかん」

そう言って、真浄がゆっくりと廂のほうを振り向くと、善勝らは瞬時に笑いを止め、慌てて目を逸《そ》らし、そそくさと歩き去っていってしまった。……威厳を気にするだけあって、逃げ足も案外落ち着いた歩き方なのは、なかなか見事だ。

「緑の袍が黒の袍を追い返せるんだから、色なんかたいしたことなさそうだけどな」

「それは真浄どのだから追い返せるんですよ、雅遠どの」

雅遠のつぶやきに、またも惟元が、苦笑しつつ律儀に答える。

「真浄どのは、先々代の帝の御世《みよ》から蔵人としてお勤めですからねぇ。六位とはいえ、これほど長く主上《おかみ》にお仕えしておられる方には、上位の方でも少しは遠慮しますよ」

「あー、なるほど」

そういえば、出仕し始めたばかりのころ、非蔵人ながら五位という、偉いのかそうでもないのか、接し方に困る雅遠を、周囲は遠巻きに見ていたが、そんな中で、真っ先に雅遠を緋の若造——これも袍の色からそう呼ばれたわけだが、ただの見習い蔵人として扱ってきたのが、真浄だった。

……もしこの爺《じい》さんに威張ってみせてたら、逆に俺が恥かいてたってことか。

雅遠とて、威厳のことは、出仕前に考えなかったわけではなかった。位階は決して低くはない。左大臣の息子でもある。しかし役職は見習いで、物も知らず、年も若いとあっては、威張るに威張れない。というより、威張りづらい。そもそも、ろくに威張ったことがないし、威張る必要があるのかどうかもわからない。

これを桜姫にぼやいたら、桜姫はしばらく考えこんだ後、威張ってみせれば威厳がある、というものでもない――と言った。聞けば、桜姫の父親は、家人に向かってよく威張ってみせていたが、それで威厳があるようには見えなかったらしい。

……ま、たしかに、あれで藤原善勝が、威厳があるように見えるかって、別にそうは見えないしな。

「さてと――惟元、どこまで進んだ?」

「あとは兵衛府だけです。今日中に回覧に出せますから、三日の奏上には間に合いますよ」

「結構。遅れると、出来のいい緋の若造がやかましいからな」

真浄はにやりと笑って、部屋を出ていった。……出来のいい、とは、雅遠の弟、利《とし》雅《まさ》のことだ。位は従五位上なので、着ているものは雅遠と同じ深緋の袍だが、こちらはれっきとした五位蔵人。六位蔵人から見れば上役だが、真浄にしてみれば、どちらもただの若造なのだろう。

「雅遠どの、右兵衛府のぶんもください」

「ん、ああ……はい」

持っていた残りの紙を手渡すと、惟元はざっと目を通して、それを机の端に置いた。

「揃《そろ》っていますね。——あとは大丈夫ですから、雅遠どのはどうぞ、先に退出してください。もう刻限はとっくに過ぎているでしょう」

「そんな時間ですか」

首を伸ばして外をうかがうと、すっかり日が高くなっている。たしかに、いつもより長く働いていたようだ。

「頭中将がいたから、まだ早いんだと思ってましたよ」

「……あの方々は、梅壺《うめつぼ》か藤壺《ふじつぼ》あたりの女房たちの顔を見にいくために、ここに集まっていただけですよ。いつものことですが……」

「ああ、仕事してたわけじゃないのか」

はっきり言い切ってしまった雅遠に、惟元は少し周囲を気にするようにあたりに目を配って、苦笑した。

「貴殿もいずれ御出世される身の上でしょう。本来であれば、このような雑務など、貴殿の仕事ではないんです。貴殿の弟君も非蔵人をしておられましたが、刻限を過ぎてまで、私どもの用事を手伝うことなどありませんでしたよ」

「利雅ですか。あいつはあいつ、俺は俺です」

雅遠は座ったまま、後ろに手をついて胸を反らし、ひとつ息を吐いた。やっと着慣れてきたものの、やはりまだ束帯は重苦しい。

「俺も出世はしたいんですが、あいつのようにうまく立ちまわることはできないもんで、失敗しても誤魔化せない。それなら皆に仕事を教わって、できるだけへまをしないようにするしかないでしょう」

惟元が、意外そうな顔で振り向いた。

「出世したいとは思っておられたんですか、雅遠どのは」

「……ま、一応」

「貴殿の弟君が、兄は出世する気がないのだと吹聴《ふいちょう》していたようなので、てっきりそうなのかと思っていましたよ」

「……そりゃ、あいつから見れば、そう見えるでしょうがね」

そもそも出世の目的が、利雅と自分とでは大きく違うのだ。利雅は家のため、あるいは異腹の兄を廃して、源氏の家を継ぐため。しかし自分は、桜姫に、何の気兼ねも不安もない暮らしをさせてやりたいだけだ。

そのためには、慎重に出世しなくてはならない。早く出世できるなら、それに越したことはないが、いまのように右大臣派と左大臣派で権力が二分されている、不安定な状況で、父の威光にだけ頼って出世したところで、万が一、父が失脚するようなことがあれば——それでも、巻き添えで転落するわけにはいかないのだ。

部屋の外を行き来する小舎人や雑色の数が減って、あたりは少し静かになってきた。忙しい盛りは過ぎたのだろう。

「……惟元どの」

雅遠は、こちらに背を向けている惟元に向かって、姿勢を正して座り直した。

「はい、何でしょう」

「出仕する前、ある人から言われました。——もし、ものを尋ねて正しく親切に教えてもらえたら、それは信頼するに足る人物。逆に教えてくれなかったり、あるいは嘘《うそ》を教えたりされたら、黙って遠ざかったほうがいい人物」

「なるほど。一理ありますねぇ」

惟元は手元の文書から目は離さずに、返事をする。

「頭中将や、頭中将にへばりついてる連中なんかには、もとからものを尋ねようなんて思ってないですが、他の……例えば貴殿とか真浄どのとか、雑色の皆などにあれこれ尋ねても、正しく教えてもらってます」

「嘘は教えませんよ」

「ただ、それは信頼してもいいということなのか、それとも皆、左大臣の息子に遠慮して、親切にしてくれているだけなのか、そこに迷ってるんですが、いったいどちらなんですか」

「……ずいぶん、まっすぐに訊《き》きますねぇ」

　雅遠のほうを向いた惟元は、呆《あき》れたような苦笑を浮かべていた。

「貴殿が左府《さふ》どのの御子息だということを、まるで気にしない者はいないでしょう。しかし、それはそれとして、ものを尋ねられれば、お答えできる範囲は答えますよ。特に仕事のことは、嘘など教えてしまったら、流れが滞って、余計な作業が増えるじゃないですか」

「……そりゃそうですね」

「嫌がらせのためだけに、そんなことができるのは……そう、それこそ、仕事をしなくても御出世できる方々だけじゃないんですかねぇ」

　穏やかにそう言い、惟元は再び机に向かいかけて、ふと、もう一度振り返った。

「雅遠どのは、官人のすべてが、左府どのか右府《うふ》どの、どちらかの派閥に属しているとお思いですか？」

「違うんですか」

　位階の低い官人の中には、私的に公卿の家に仕える者もいる。そういう者は主によって、自然と右大臣派か左大臣派、どちらかに寄ってくるものだ。

「そういう者が多いのは事実ですね。……ただ、ここは蔵人所ですからね。たとえ、どの公卿のお世話になっていようと、我々蔵人の役目は、まず主上にお仕えすることですよ」

「……」

「ところで、帰らないんですか？　私ももう終わりますが」

「あ」

筆を置いた惟元が、隣りの部屋に声をかけると、雑色が返事をして入ってくる。

「左右兵衛府の月奏文です。回覧を」

「承知しました」

文書を持って出ていった雑色は、雅遠より、惟元よりも、ずっと年上だった。出世の早さは、親の地位で決まる。よほどうまく立ちまわるか、金でも積まない限り、どれほど真面目に勤めていようと、年を経ても、下位の者は下位のまま。

……変なところだな。

「じゃあ――惟元どの、お先に」

「はい、お疲れ様です」

挨拶して部屋の外に出ると、惟元と同じ緑の袍を着た大柄な官人が歩いてきた。大江夏景《おおえのなつかげ》という、これも六位蔵人のうちの一人だが、髯面《ひげづら》のせいか、いかにも武骨で、文官よりも武官のほうが似合いそうな風体《ふうてい》である。

「どうも、夏景どの。お先に」

「……いまお帰りか」

雅遠は上背のあるほうだが、夏景も同じくらい背が高く、面相が厳《いか》ついので、傍目《はため》にはこちらのほうが大きく見えるだろう。

「何か用があれば、やりますよ」

「いや、ない」

……実に素っ気ない。

年は惟元より幾つか上というくらいだが、六位蔵人のうちでは一番の新参らしく、雅遠が何か尋ねても、それは惟元のほうが詳しいとか、それは真浄に訊くといいとか、初めは教えるのを嫌がられているのかと思ったものの、誰に対しても万事この調子なので、どうやらもともと、寡黙な性質《たち》のようだと、最近やっとわかってきた。

「そうですか。では――」

「囲碁はできますか」

「……あ？」

まるでにらむような目で言われたため、思わず身構えてしまったが。

「主上が貴殿に、囲碁のお相手を所望しておられる」

「……主上が？」

「囲碁のやり方は」

「あ、ああ。知ってますよ。下手ですがね」

「では、明晩、貴殿が宿直《とのい》の折に。主上にもそうお伝えするので、そのつもりで」

それだけ言うと、夏景は雅遠とすれ違っていった。

……囲碁。

帝が？

「本っ当に下手なんだがな……」

いまさらだが、久しぶりに桜姫に練習相手を頼まなくてはならないようだ。


退出し、内裏《だいり》の武徳門《ぶとくもん》を出たところで、ふと前を見ると、優雅な手つきで扇をかざし、陽射しを遮りながら立っている貴公子の姿があった。……半分顔が隠れていても、誰だかわかる。友人の兵部《ひょうぶ》卿《きょう》宮《のみや》敦時《あつとき》だ。

「何をしてるんですか、宮」

「やぁ、雅遠。きみを待っていたんだ。――しかし、今日は遅いね」

扇の陰からにっこりと、そんな笑顔は女にだけ向けてやればいいと思うのだが、だいたい敦時は、誰にでも愛想がいい。ちょうど夏景とは正反対だ。

「月奏の準備ですよ」

「そうだったね。きみまで残らなくてはならなかったとは、そんなに忙しかったのかな」

「忙しかったんでしょうね。俺は月奏とかも初めてなんで、よくわかりませんけど」

敦時と連れ立って、詰め所の武官に挨拶しながら、次の門を通り過ぎる。

「出仕を始めて、ひと月か。そろそろ慣れたかな」

「ま、だいぶ慣れてきましたよ。……藤原善勝の嫌みにも」

「ああ、頭中将の……」

口元を隠しながら、敦時は小さく笑った。

「やはり、きみは嫌われているのかな」

「当然でしょう」

「それにしては、きみが大暴れして、頭中将を叩きのめしたという話が、いっこうに聞こえてこない。きみにしては、やけにおとなしいじゃないか」

「……宮は俺を何だと思ってるんですか」

敦時と顔を合わせるのも久しぶりで、気安い会話に、少しほっとする。

「最初のころは、腹も立ちましたよ。けど、見習いのうちにつまらん喧嘩なんか買ったら、それこそ、ここで終わりでしょうが」

「きみは——少し変わったね」

歩きながら振り向くと、敦時も横目で、こちらを見ていた。

「以前は出世に興味などなさそうで、いや、それどころか現世にまで興味のなさそうな顔をしていて、この左府の嫡子は、出仕の前に出家でもするんじゃないかと思っていたのに」

「……本当に俺を何だと思ってたんですか……」

だが、現世までいかないにしても、出世に興味がなかったのは確かだ。人と争ってまで、偉くなって何だというのか——と。

天を仰ぐと、晴れた空に薄く雲がかかって、日の光が幾分陰ってきている。

「……興味はないですよ、相変わらず」

「そうなのかな」

「ただ、自分の足で立ちたいんです。父に頼るんじゃなく、大切なものぐらい自分で守れるように。……そのために一番手っ取り早いのが、出世することだってだけで」

出逢ったころに比べれば、見違えるほど表情は明るくなった。

それでも、時折思い出したように垣間見《かいまみ》える、途惑い、憂い——憐《あわ》れみの影。

呪いだとか、政敵一派の娘だとか、そんなくだらないしがらみから連れ出してやりたい。そうすれば、きっと桜姫は、いつだって自分の側で、曇りのない笑顔を見せてくれるはずだ。

「……本当に、変わったね」

敦時が、ぱちりと音を立てて扇を閉じ、何か含みのありそうな笑みを浮かべた。

「きみを現世に引き止めたのが、いかな女人なのか、ますます気になってきた」

「言いませんよ」

「それは秘する仲だからかな。それとも、うっかり話して私がきみの恋人を口説きに行かないよう、用心しているのかな」

「……両方です」

雅遠が低くつぶやくと、敦時は一度閉じた扇を素早く広げ、顔を隠した。……笑っているのだ。

「笑い事じゃないですよ。世の男どもは、宮に恋人を奪われないように、常に怯《おび》えてるって言うじゃないですか」

「人聞きが悪いね。隙のない女人は、いくら私でも奪えないよ。それともきみの恋人は、私が口説いて応じる余地がありそうなのかな？」

からかう口調には、軽口で応じるべきだったのかもしれない。

しかし雅遠の口から出たのは、獣が唸るような、重い声だった。

「……たとえ宮でも、近づいたら容赦しませんよ」

敦時が、一瞬歩みを止める。

雅遠はそのまま朝堂院《ちょうどういん》の横の道を進み続けたが、すぐに敦時は追いついてきた。

「怖いね」

「必要なら、脅しぐらいかけますよ」

「きみが恋人のことに関しては、冗談も通じないということは、よくわかった。めでたいことだ」

「……何がですか」

「本気の恋を喜んでいるんだよ。きみの友としてね」

雅遠は、歩きながら敦時に目を向けた。敦時は涼しげな眼差《まなざ》しで、見返してくる。

「きみは大事な友だから、たとえきみの恋人が、国一番の美女だとしても、手出しはしないと誓おう。……きみのその様子では、恋人はさぞ大切にされているのだろうから、無用の誓いだけれどね」

「ひとつ心配が減りましたよ」

「……きみこそ、私を何だと思っているのかな」

砂を踏む二人分の足音が、緩やかになる。

雅遠と敦時が、顔を見合わせて吹き出した。通りすがりの官人が、笑いながら歩いていく公達に、怪訝《けげん》な顔をしている。

「……ああ、肝心な話を忘れるところだった」

「暇つぶしにきたんじゃないんですか」

「それならよかったんだけれどね」

敦時は笑いを収め、扇の陰で真顔になった。

「――きみが捕らえた盗賊のことだが」


部屋の中にも風を通そうと、半分だけ上げた御簾の向こうには保名、その手前の御簾の内には葛葉が座っている。

「いやー、美味《うま》いですね、この菓子」

「そうですか」

「うちで作る糫餅《まがりもちい》よりいい香りがするなぁ。どうやって作ってるんですか」

「米粉を練って、胡麻《ごま》の油で揚げてあります」

「あ、胡麻か。言われてみれば」

保名は皿に盛った菓子を右手で摘まみながらうなずき、淡々と返事をする葛葉は、その保名が着ている狩衣《かりぎぬ》の、左の袖に針を刺している。保名の袖の、表地と裏地を縫いつけてあるところがほつれているのを見つけた葛葉が、すぐ済むからと、着たままで繕ってやっているのだ。

「そうそう、夏に食べた粉熟《ふずく》も美味《おい》しかったですよ」

「別に夏でなくても、小豆と甘葛《あまずら》があればいつでも作れます」

「本当ですか？　今度持ってきますよ」

「……動かないでください」

「あ、すみません」

葛葉のほうを振り返りかけた保名は、慌てて庭のほうに向き直る。

「……ああやって、保名さんにいろいろ持ってきていただいてるんですよ、葛葉」

「どうりで、最近お菓子の種類が増えたと思ったわ……」

少し離れた几帳《きちょう》の後ろで、詞子が声をひそめて、淡路と顔を見合わせた。傍らでは黒猫の瑠璃《るり》と、白黒ぶち猫の玻璃《はり》が、詞子の膝にある皿から菓子をもらおうと、しきりに尻尾を振っている。

「今日のお土産は栗《くり》でしたよ」

「何だか悪いわね」

「よろしいのではないですか？　保名さんも嬉しそうですし……」

几帳の隙間から覗くと、保名はのん気な様子でおしゃべりをし、葛葉は無表情で針を動かしながら、適当な相槌《あいづち》を打っている。

「……葛葉は、どうなのかしら。保名さんから恋文をもらっているのでしょう？」

「ええ、そのようですけど……葛葉は、恋だの文だのに、特に興味はないなんて言っていましたねぇ」

「まぁ……」

「でも保名さんのことは、嫌いではないとも言っていましたよ。大抵の用事は聞いてくれるから助かる、とも……」

「……」

便利にされているだけのようだ。

「それじゃ保名さんに、いずれ愛想をつかされてしまうわ」

「わたしもそう思ったんですが、保名さんのほうは、葛葉に頼られて嬉しいって……」

「……」

ものは考えようである。

詞子は菓子を小さく割って、瑠璃と玻璃の前に置いてやった。二匹はすぐに飛びついてくる。

「あれで案外、本人たちは楽しいのかもしれませんよ？　少なくとも、わたし、葛葉が殿方のことを話題にするのは、いままで聞いたことがありませんでしたし……」

「……そういえば、そうね」

思えば、二条の本邸にいたころは、ずっと隠れるようにして暮らしてきた。詞子はもちろん、葛葉も、恋の華やかさとは無縁だったのだ。

そして、淡路も――

「……淡路にも、誰かいい人がいてくれるといいわ」

つぶやいた詞子に、淡路が、おっとりと笑う。

「わたしは結構ですよ。……恋というものは、楽しいことばかりではないと、もう充分に知りましたから……」

「……」

「いまは、姫様がお幸せになってくだされば、何よりです」

淡路は静かに、そう告げた。左目の下の小さな黒子《ほくろ》が、涙のように哀《かな》しげに見える。

うつむいて、詞子は瑠璃と玻璃に、もうひとつ菓子を割ってやった。

「……わたくしは、幸せよ？」

「でも、雅遠様の求婚は、まだお受けになっていらっしゃいませんね？」

「それは……」

菓子を食べ終えた猫たちが、満足そうに喉を鳴らして、床に寝そべる。

「……雅遠様は、来年には任官されるわ」

「ええ」

「そろそろ、どなたかとの御縁談もおありでしょうね」

淡路が微かに、眉をひそめた。

「姫様……」

「左府様の御子息だもの。きちんとした姫君がお相手になって、世間の誰もが認めた夫婦になるはずよ」

「ですが、雅遠様は……」

「……そうね」

きっと、親の勧める縁談などは、承知しないのだろう。俺は桜姫と結婚するのだと、言い張る姿が目に浮かぶようだ。

詞子は苦笑して、しかし、首を振った。

「雅遠様が承知でなくたって、縁談など親が決めてしまうものよ。わたくしが先に雅遠様と結婚してしまっていたら、雅遠様は、困るでしょうね」

やさしいから——

きっとそのとき、結婚までした女を見捨てることはできないと、雅遠は悩むのだろう。それではあまりに、雅遠が気の毒だ。ただでさえ暮らしを助けてもらって、そのうえこれ以上の重荷にはなりたくない。

「どのみち、わたくしのことは、誰にも言えないことだもの。雅遠様が正式にどなたかと結婚されれば、ここに通うのもずいぶん難しくなるわ」

「……」

「わたくしとは結婚しないでおくほうが、雅遠様のためよ」

玻璃が頭を上げて、うーっと唸った。瑠璃は、丸くなって眠っている。

「……姫様がそう仰《おつしや》っておいでだと、雅遠様に聞かれたらお怒りになるでしょうねぇ」

「そうかもしれないわね」

菓子皿を淡路に渡して、詞子は懐紙で指を拭いた。

「だからこれは、雅遠様には内緒よ。……いいの、結婚してもしなくても、いまの暮らしとそれほど違いはないでしょう?」

「それは……ええ、まぁ、もう御結婚されていらっしゃるも同然ですし……」

「このままでいいわ。……このままで、幸せよ」

多くは望まない。

思いがけず手に入れた、この幸せが壊れないよう、ただひたすら祈るだけ。

韓藍《からあい》の女。……艶子の母。

娘を抱えて恋人に見捨てられた女人の、哀しい呪いは、まだ消えてはいないから。

「姫様──あれを」

淡路の声に、顔を上げると、軽快な蹄《ひづめ》の音が聞こえてきた。雅遠の愛馬だ。保名も気づいたようで、慌てて残りの菓子を口に押しこんでいる。

「わ、まひゃ、まひゃとおひゃま……」

「ちょっと、動かないでくださいってば！　針が刺さりますよっ」

「ふ、ふみまへん」

保名が動くに動けず、おろおろしているうちに、雅遠が庭に入ってきた。

「……何だ、ここにいたのか、保名」

「は、はい」

「口に食べかすがついてるぞ」

「ひぇっ」

御簾をくぐって部屋に上がってきた雅遠を、詞子も立って出迎える。雅遠が来れば詞子の側を追い出されると、ちゃんとわかっている瑠璃と玻璃は、黙って日当たりのいい簀子に出ていった。

「おいでなさいませ……」

「うん。……保名のやつ、俺より先に来て、菓子まで食ってたのか」

「あなた様のお菓子も、別にとってありますよ」

「菓子もいいが、とりあえず白湯《さゆ》をくれないか。喉が渇いた」

すぐにお持ちしますと言って、淡路が下がっていく。雅遠は詞子が座っていた茵《しとね》の端に腰を下ろして、息をついた。どことなく、表情が険しく見える。

「……どうかされましたか？」

「あー、うん。——保名！」

几帳の向こうで、保名がはいはいと返事をして、またも葛葉に、動くなと怒られた。

「さっき対の屋から使いが来て、今夜は父上と飯を食えと言われた。おまえも同席させろというから、今日は一緒に帰れよ」

「……殿と、ですか？　わ、わかりました」

雅遠は脇息《きょうそく》にもたれて、隣りに腰を下ろした詞子に、苦笑いしてみせる。

「そういうわけだから、今日は泊まれなくなった。明日の晩も御所で宿直だから、来られないいな」

「そうですか……」

「どうせ説教だろうけどな。今晩の飯は不味《まず》くなりそうだから、いまのうちに、ここで菓子をもらっておくか。……糫餅か？　変わった形だな」

「それは朱華です。面白がって、いろいろな形にしてしまって」

糫餅は練った粉を細く伸ばして、それを様々な形に曲げて作るのだが、朱華の作ったものは、何とも知れない、妙な形になっている。

「朱華か。……牛麻呂《うしまろ》と朱華、ここに居ついて、もう三月《みつき》は経つよな」

「はい」

長雨のころ、貴族の屋敷に盗賊が頻出したことがあったのだ。盗賊そのものは珍しくはないが、刀や弓矢を使う手荒な者どもで、四条の屋敷が狙われたときに、雅遠も肩に傷を負った。盗賊の仲間ながら、そのやり方についていけなくなって逃亡したのが、朱華と牛麻呂である。

偶然、この白河の別邸に逃げこんだ朱華と牛麻呂の話から、雅遠は前右大臣邸に侵入した盗賊四人を、兵部卿宮敦時の協力で捕らえ、行くあてもなかった朱華と牛麻呂は、それ以来、ここの家人として働いていた。

「さっき兵部卿宮が知らせてくれたんだが――例の盗賊、四人とも死んだそうだ」

「……え？」

「牛麻呂の話からは、検非違使《けびいし》のほうにもあやしいところがありそうだったから、捕らえた盗賊は四人とも、兵部省《ひょうぶ》で預かってもらってたんだ。ところが盗賊ども、取調べで何を訊いても、口を割らなかったらしい」

それでも、死ぬような様子はなかったのだという。一人は雅遠の放った矢で負傷したが、命に関わる傷ではなかった。

「中には腕ずくで吐かせようとする者もいるみたいだが、兵部卿宮は、そういうことはさせなかった。食べ物も与えてたし、死ぬはずはないんだ」

「では、何故《なぜ》……」

「わからん。先月になって検非違使庁から、盗賊を引き渡せと要請があった。兵部省でも、これ以上留め置いても進展がないと見て、身柄を検非違使庁に送ったんだが、しばらく後、四人とも獄中で病死したと、宮に通達があったそうだ」

「……」

それが何を意味するのか、詞子にはわからない。

雅遠は詞子の顔を見て、ふと表情を和らげた。

「いや、それで何か悪いことがあるってわけじゃないんだ。考えようによっては、もう朱華と牛麻呂を引っ捕まえようなんて仲間は、いなくなったんだしな」

「はい……」

「ただ、いまのところ急に死んだ理由もわかってないし、検非違使が何をやってるのかも、俺には見えない。念のため朱華と牛麻呂には、しばらく一人では外を歩かないように、それだけ伝えてやってくれ」

「わ……わかりました」

思わず力んでうなずくと、雅遠は笑って、詞子に手招きをする。

膝を進めると、雅遠は両腕を伸ばしてきて、袖ですくい取るように、詞子を抱きこんできた。雅遠の使う、少し渋みのある香と、日なたに出たときのような、あたたかな匂いに包まれる。

「そんなに構えることはないからな。……大丈夫だ。そなたもここの皆のことも、俺が、ちゃんと守るから」

「……はい」

実際には、この家の主は詞子で、雅遠がここにいられる時間は限られているのだが、それでも、その言葉ひとつで、どれほど安心できるか――

目を閉じ、雅遠の肩口に額を預けると、顔を覗きこむようにして口づけられる。

「……今日は、ちょっと囲碁の相手をしてくれるか？」

「はい……？」

髪を撫でる手が耳に触れて、くすぐったさに、首をすくめた。

「……っ、囲碁……ですか？」

「明日の宿直で、帝の囲碁のお相手をするらしいんだが……」

言葉の合い間に頬にも口づけられ、詞子は雅遠の腕の中で、身じろいだ。

「……そなたも知ってるとおり、俺は、囲碁が弱いからな。少しは練習していかないと、お相手というほど、勝負が続かない」

「弱いのは……囲碁、だけでした？」

「お、言ったな」

こいつめ、と、雅遠がじゃれつくように詞子にのしかかり――

「……あ」

几帳の内に入ってこようとしていた淡路が、白湯の碗《わん》を持ったまま、立ち止まった。

「あら、お邪魔いたしました」

「きゃ……」

「あー、淡路、それは後で飲むから、そのへんに置いといてくれ」

「かしこまりました。失礼いたします。――瑠璃、玻璃、こっちへいらっしゃい。干魚をあげるから……」

素早く背を向け、淡路は猫たちまで連れて、あっというまに立ち去ってしまった。いくら近しい女房とはいえ、妙なところを見られた詞子は、慌てて起き上がろうとする。

「あ、あの、囲碁ですね。すぐ用意を……」

「いや、まぁ……いいか」

「はい？」

「いまさら練習したところで、いきなり腕前が上がるわけでもないしな。うん」

独り納得したように、真面目くさった顔でうなずいて、雅遠は腕から逃れようとした詞子を、しっかりと捕まえ直してしまった。

「で、でも……あの、やはり少しはやっておかれたほうが……」

「うん。じゃあ、後で一局だけな」

「……っ、あ、そこに葛葉と保名さんが」

「いないぞ」

「え？」

「淡路が戻る前に、二人ともどこかに行った」

「……」

目を上げると、雅遠は、楽しそうに笑っている。

深刻な顔よりは、もちろん笑っていてくれるほうがいい。……いいのだが。

「可愛《かわい》いな」

「……っ」

「笑ってるのが一番可愛いんだが、そうやって赤くなってるのも、泣きそうなのも可愛いから、全部可愛いってことなんだろうな」

「何を……」

途惑いは、唇に遮られた。

「……泊まれないんだ。だから……」

耳元でささやかれて、詞子はきつく目を閉じる。

幸せ——だ。

他に何を、望むことがあるだろう。やさしい手と、やさしい言葉と、こうして触れ合えるやさしい時間と。

これだけでいい。……これで、充分。

ただ、この時間が、できるだけ長く続くのを、祈るだけ。

「雅遠様……」

いつのまにか詞子は、すがりつくように雅遠の腕を掴《つか》んでいた。


「……機嫌悪いですねぇ」

「あたりまえだろ。明日は宿直だから、今夜は絶対泊まってくるつもりでいたんだ」

夕刻に白河から戻り、雅遠は保名を伴って、寝殿《しんでん》への渡殿《わたどの》を歩いていた。

「昨夜は泊まったじゃないですか……」

「昨日は昨日、今日は今日だ」

「……」

四条の左大臣邸では、主である左大臣　源《みなもとの》雅兼《まさかね》とその妻、娘が寝殿に住み、雅遠は西の対を使っている。渡殿で繋《つな》がっているとはいえ、普段は別の家として、特に行き来することはない。

「それにしても、殿は雅遠様に何の御用なんでしょうねぇ。しかも私まで呼ばれるなんて」

「さぁな」

わざわざ呼ばれるような、心当たりはない。わざわざ呼ばれて説教されるほどの失敗も、いまのところ、していないはずだが。

寝殿に入ると、雅遠の母親に仕える女房らが居並び、手をついて出迎えてきた。

「お待ちしておりました、若君様。御膳の前に、母宮様がお呼びでございます」

「……母上が？」

用事というのは父ではなく、母のほうにあったのだろうか。

雅遠が無造作に御簾を押しのけ、几帳を避けて部屋に踏み入ると、女たちが一斉に振り向いた。早速、その中の一人が雅遠をにらんでくる。

「……何です、雅遠。声ぐらいかけてお入りなさい」

「あー、すみません。御無沙汰してます、母上」

「本当に無沙汰ですよ。出仕するときぐらい顔を見せに来るかと思っていれば……」

そういえば、正月に新年の挨拶をしたきり、訪問するどころか便りも出していない。位を与えられた報告も、四条と白河の往復に忙しくて、すっかり忘れていた。

雅遠は首の後ろを掻きながら、一応、頭を下げておく。

「えーと、遅くなりましたが、このたび従五位下を賜りまして……」

「遅すぎますよ。もういいですから、そこにお座りなさい。扇はどうしたのです？　いつまで経っても落ち着きのないこと……。保名はいるの？　おまえがもっと気をつけてくれなくては駄目じゃないの」

御簾の向こうで、保名も慌てて平伏した。やはり説教に呼ばれたのだろうか。

雅遠の母は先代の帝の妹にあたる皇女で、世間からは女五の宮と呼ばれており、雅兼に降嫁して、いま麗景殿《れいけいでん》の女御である姉と雅遠、今年の春に十二歳で裳着《もぎ》の式を迎えた奏子《かなこ》という妹の、三人を産んでいる。

身分から見てもれっきとした左大臣家の正妻なのだが、左大臣のもう一人の妻が、出来がいいと言われている息子を産んでいるせいか、雅遠には顔を合わせるたび、小言ばかりである。

「やっぱりあなたは、まだこちらに住まわせておくべきでしたよ。女房たちに世話をさせれば大丈夫と思っていれば、その女房たちが、あなたの部屋から追い出されて、世話もできないと言っているじゃないの」

「……別に、必要なことはさせてますから、不便はないですよ。俺は周りが静かなほうが、好きなんで」

いちいち何かと構われて、どこに行くのかなどと詮索されてはたまらない。世話を焼かれるより、ほうっておいてくれるほうが、はるかにありがたいのだ。

「そんなことより、今日は何の御用です？　珍しいですね、一緒に食事なんて。いい魚でも入りましたか」

「何をのん気なことを……。用があるのは私ではありませんよ。殿があなたに、大事なお話がおありだそうです。真面目に聞くのですよ」

……説教に間違いなさそうだ。

女房に案内されて、隣りの部屋に行くと、すでに夕餉《ゆうげ》の膳が整えられていた。固粥《かたかゆ》に鮑《あわび》の羹《あつもの》、野菜の蒸物、鯛《たい》の干物と雉《きじ》の干肉、柚子《ゆず》、甘栗《あまぐり》――台盤の上に並べられた料理を見て、いまごろ桜姫は何を食べているのだろう、と考える。以前は二条からの助けも乏しく、食うや食わずだったものの、このところは汁粥《しるかゆ》に漬物か野菜の茹物、たまには魚の羹まで食べられるようになったと、食事を作る小鷺《こさぎ》は喜んでいたが。

……相変わらず、つましい暮らしをしてるんだよなぁ。

堂々と面倒が見られるようになれば、もっと楽にしてやれるのに。

「雅遠様。……雅遠様。座ってくださいよ」

保名に脇腹を小突かれて、雅遠は渋々、膳の前に腰を下ろした。

「なぁ、保名……」

「栗なら今日持っていきましたよ」

「……そうか」

「今度、豆とか塩とかも持っていきますから……」

何を考えていたか、保名にはわかっていたらしい。ひそひそと話していたら、一緒にこちらに来た母宮にまたにらまれて、保名が慌てて袖で口を押さえる。

ほどなく雅遠の父、雅兼が現れ、息子を一瞥《いちべつ》して席に着いた。

「来たな」

「呼ばれましたからね」

「雅遠、結婚しろ」

唐突な言葉だった。

だが──それが親の命令であることは、その口調と表情から、すぐに察せられた。

「……お断りします」

隣りで保名が、息をのむ気配がする。

いまはまだ、親の命令には逆らえる立場ではない。それは承知で、それでも、うなずくわけにはいかないのだ。

「おまえの意見は聞いていない。これは決まったことだ」

「決まっていようと、俺にその気はありません」

……落ち着け。

幾度となく、かわしてきた話題だ。しかし、任官されるころになれば、またこういった話が出てくるだろうと、薄々は予感していた。

いままでのように、ただ気乗りしないから、という理由だけで断るのではない。

桜姫がいる。

他の誰とも結婚するつもりはない。

「命令だぞ」

「わかってます」

「相手も決まっている。参議《さんぎ》で右衛門督《うえもんのかみ》の藤原吉親《よしちか》の娘だ」

「誰だろうと、お断りします」

断って断って断って——とうとう相手は二条中納言の大君《おおいぎみ》だ、と言うまでは、断り続けてやる。

雅兼は、険しい顔をますます険しくした。

「いいかげんにしろ。おまえもいずれは結婚しなくてはならないんだぞ。来年おまえが正式に任官されたら、そのときには結婚だ。わかったな」

「結婚相手は自分で決めます。誰の世話にもなりません」

「雅遠！」

「あ……あの、殿……」

保名が食事の膳を脇に押しやり、身を乗り出すようにして、雅兼のほうを向いた。

「ちょっとお待ちください。お尋ねしたいのですが、何故、お相手が藤原吉親どのの姫君なんですか？　あの、吉親どのは、右大臣の弟では……」

そうだ。参議の藤原吉親は、雅兼が最も嫌う右大臣藤原則勝《のりかつ》の弟だった。あれほど右大臣派の娘とは結婚するなと言っておきながら、どういうことか。

「たしかに、吉親はあの男の弟だが――あれは腹違いの弟だ」

あの男、というところで、雅兼が忌々しげに鼻に皺《しわ》を寄せた。

右大臣の藤原則勝は、三人兄弟である。家を継いだのが長兄の則勝で、その下に藤原吉親と、いま大納言《だいなごん》をしている藤原吉道《よしみち》がいるのだが、吉親と吉道は、則勝とは母親が違っていた。

「腹違いだが、吉道はあの男に従順な弟だ。それで大納言まで出世した。ところが吉親は、あの男とは昔から仲が悪く、出世も弟に先を越されて、いまごろようやく参議になれたぐらいだ」

「……だから、吉親どのは右大臣の一派ではない、と……？」

「弟とはいえ、あの男を嫌っているのは儂《わし》と同様のようだ」

雅遠は、膳の上の鮮やかな柚子の実を、じっと見つめていた。

夏の暑い時季に、桜姫が手ずから桃を剝《む》いてくれたのを、何となく思い出す。

「……何を、もらいました？」

「む？」

「何もなく縁談を受けたわけじゃないでしょう。……見返りは、何だったんですか」

雅遠の言葉に、雅兼は嫌そうな顔をした。

「やつが、あの男は自分を差し置いて、末の弟ばかり取り立てて気に食わん、あの男とは縁を切りたいから、儂と懇意にしたいと言ってきただけだ。その証《あか》しに、二番目の娘をこちらに寄越《よこ》すと」

「それだけですか。たとえば、荘園《しょうえん》を寄進すると言ってきたとか」

「たいしたものではない。たかが四箇所だ」

「……寄進されたんですね」

そんなことだろうと思った。

雅遠は、できる限りの冷ややかな目で、父親を見てやった。この場で結婚話を撤回させるのは難しいだろうが、簡単に押し負けるわけにはいかない。絶対に。

「荘園と息子の結婚相手程度で縁を結ぶとは、父上も安く見られましたね」

「何だと？」

母宮がたしなめるように、雅遠およしなさい、と言う。

「どれほど不仲か知りませんが、しょせんは右大臣の弟でしょう。常よりあれほど嫌っている相手の身内を、それほど簡単に信用するなどと、俺にはかえって、父上のほうが信用ならない」

「こやつ――」

「むしろ、吉親どのと手を結んででも、たかが四箇所の荘園以上の利益を得られる何かがあるということなら、納得いきます。あるいは、弱みでも握られたとか」

「黙れ!!」

派手な音を立てて雅兼の膳がひっくり返り、控えていた女房たちが、短い悲鳴を上げた。雅遠の母が泣きそうに顔を歪《ゆが》めて、夫と息子を交互に見る。

腹の底に、ひどく熱くて重い何かが、どろりと溜《た》まっていくような気がしていた。

それでいながら、頭の中は冷たいほどに冴《さ》えていて――雅遠は、父の顔をじっと見据えていた。

……くだらん。

誰の都合か知らないが、巻きこまれてなるものか。

桜姫のために。

あの可愛い姫君を、泣かせないために。

「……どんな事情があろうと、俺はこの結婚に承知しませんよ」

「雅遠！」

「俺の意思は伝えました」

食事の膳には手をつけないまま、雅遠は立ち上がった。あえて何も言わず、踵《きびす》を返して、部屋を出ていく。母が自分を呼ぶ声を背中で聞きながら、雅遠は足早に寝殿を後にした。

「雅遠様――」

渡殿を渡りきり、西の対に戻ったところで、保名が追ってくる。

「……飯は食ってこなかったのか」

「そんな場合ですか」

保名は通りすがりに、女房に夕餉の膳を支度するよう指示しながら、雅遠の部屋まてついてきた。女房らは、荒々しく床を踏み鳴らして歩いていく雅遠に、怯えたように立ち去っていく。

庭に面した廂に、どかりと腰を下ろして、雅遠は舌打ちした。

「勝手なことをべらべらと……」

「……雅遠様、どうなさるおつもりですか」

「どうもこうもあるか。俺の相手は一人だけだ」

「わかってます。ですが……」

保名が沈痛な面持ちで、雅遠の前に座る。傍らの脇息に肘をついて、雅遠は軽く息を吐いた。

「とりあえず、おまえには礼を言う。白河のこと、よく黙っててくれたな」

保名は困ったような、どこか諦めたような表情で、苦笑する。

「黙っているよりありませんよ。……私だって、白河の姫君がお泣きになるのを見るのも、葛葉さんに愛想をつかされるのも、嫌ですから」

「……おまえも結局、人が好《い》いんだよな」

恐ろしい呪い持ちの鬼姫という噂《うわさ》を信じて、一時は雅遠を白河から遠ざけようと、躍起になっていた。

しかし、桜姫が噂のような姫君ではないとわかったからか、しょせん雅遠は説得を聞き入れるような性格ではないと観念したのか、あるいは桜姫の女房、葛葉に惚《ほ》れてしまったからなのか――おそらくどれもが理由なのだろうが、いまではすっかり、ともに密《ひそ》かな白河通いを続ける身である。

保名は赤子のころから一緒に育った乳兄弟だ。いま味方でいてくれるのは心強い。

「それと、藤原吉親が右大臣の弟だってことも、言ってくれて助かった。……俺はとっさに、思い出せなかったからな」

知っていたはずなのに、頭に浮かばなかった。落ち着こうと努めてはいたが、やはり冷静にはなりきれていなかったのかもしれない。

「意外ですよ。あれほど右大臣を嫌っておいでの殿が、その弟と縁を結ぼうなんて」

「変だな」

いくら腹違いでも、兄弟には違いない。

「……なぁ、あの父上が、荘園もらったぐらいで、右大臣の弟と結託すると思うか？」

「危ない……ですよね。味方だと思っても、吉親どのが右大臣側に寝返る可能性だってありますし……それに、御縁談のことも、わざわざ吉親どのの姫君がお相手でなくても、いいと思います」

「……だな」

これまで、雅遠の結婚相手は左大臣派で金持ちの娘でありさえすれば、誰でもいいような口ぶりだったのだ。

父は、何か隠しているのかもしれない。

「……藤原吉親ってのは、どんなやつなんだ？」

「さぁ……？　公卿の方とは、あまり馴染《なじ》みがないですからねぇ……」

「右衛門督兼任の参議か……」

雅遠は脇息に頰杖《ほおづえ》をつき、きつく眉を寄せ——ふと、顔を上げた。

「衛門督は、検非違使別当も兼ねるんじゃなかったか？」

「あ、そうですね。だいたい右衛門督が兼ねるんですよ。そうそう、吉親どのは検非違使別当も兼任してます」

「……おい、保名」

雅遠の表情を見て、保名が首を傾《かし》げる。

「何ですか」

「検非違使庁の頭だぞ、検非違使別当。……前に、例の盗賊を捕まえたとき、宮が検非違使別当は嫌いだとか何とか、そんなこと言ってなかったか」

「え、兵部卿宮様が？」

あの一件では、検非違使が信用できなかったので、身柄の預かりまで敦時に任せたのだ。しかも今日、敦時から、その盗賊たちが検非違使庁に移されて死んだと、聞かされたばかりで。

「雅遠様――」

保名が緊張したように、背筋を伸ばす。

「……白河の姫君のことを別にしても、このお話は、慎重になられたほうが……」

「そうだな。引っかかることがありすぎる」

桜姫以外とは結婚しないのだから、縁談など、どうでもいい。いくら命令されようと、耳を塞いで知らぬ顔でもしてやればいいのだ。

だが、耳を塞いでいるうちに、どうでもいい縁談に足をすくわれる危険があるのなら。

……自分から、壊しにいってやる。

「保名」

「は、はい」

「この話、白河ではするなよ。特に、桜姫の耳には絶対に入れるな」

「……はい！」

しっかりと、保名がうなずく。

雅遠もうなずき返し、さらに声を落とした。

「それと、もうひとつ——」

＊＊　　　＊＊　　　＊＊

蔵人所の者たちの大半が、すでに退出した昼下がり——雅遠は、蔵人所のある建物の西側にある町屋の廂で、高欄に寄りかかって、ぼんやりと外を眺めていた。白い菊が、点々と咲いているのが見える。

……何がたかが四箇所だ、だって？　そのたかが荘園で買収されやがって……。

思い出すのは、昨夜の腹の立つ話だ。別に、高位の貴族が荘園の寄進を受けることは、珍しくはない。雅遠の父が公卿になったころから、家には様々な人が、何らかの見返りを期待して、荘園だの馬だの、様々な物を持ってくるようになった。……そうやって贈られた財で、四条の屋敷が建ったほどに。

いまでも屋敷には、左大臣に取り入って、自分もいい思いをしようと、あのころ以上に大勢の人々がやってくる。だから、どれほど豊かで広い土地をもらったのかは知らないが、あれほど毛嫌いする右大臣の弟と、あえて手を組む必要はないはずだ。

ましてや、息子を婿にしてまでも。

……冗談じゃない。

雅遠は、知らず自分の腕を握りしめていた。——昨日、桜姫がしがみついてきた腕。頼りにしているなどと、言葉にはしない。捨てないでほしいとも、言われたことはない。

だがそれでも、あの可愛い姫君を抱きしめれば、か細い腕で必死なくらい、すがりついてくるときがあるのだ。……おそらく、桜姫自身、意識しないうちに。

何があろうと見捨てたりはしない。しかし、桜姫以外との結婚を拒み続けていれば、いずれ白河通いは、親にも知れるだろう。そうなったとき、桜姫のほうから身を引くようなことをされるのは、嫌だ。

……でも、そういうことしそうなんだよな、あの姫は……。

雅遠は高欄に頬杖をつき、息を吐いた。楓《かえで》の枝が、風にざわめく。

桜姫を見捨てない、身を引かせもしない唯一の方法は、同じ屋敷で一緒に暮らすことだろう。自分が白河に住んでもいいのだが、世間に居場所を知らせないわけにはいかない。逆に四条の西の対に、桜姫を迎え入れたとしても、父が桜姫を追い出すに違いない。

残る手段は、白河でも四条でもない、どこか別の場所に家を買い、自分も桜姫も、そこに移ることだ。

「……」

方法としては最適だが、大きな問題がある。

自分はやっと、五位の位を授けられたばかり。正式な任官もまだ。……とても自力で、邸宅を構えることはできない。

……いや、でも、たしか四位、五位なら、半町の土地が買えるんだよな。白河の家だってそこまで広くないんだから、半町あれば充分だろ。古い屋敷が建ったままの土地でもあれば、建物と庭を修理するだけで――

「何をしているのですか、こんなところで」

言葉が目に見えるものだったなら、いまの言葉には、おそらく棘《とげ》が生えていたのではないだろうか。

　振り返るのも面倒だったが、雅遠は首をめぐらせ、一応、言葉の主に目を向けた。

「別に何もしてないが、そっちこそ何か用か？　利雅」

　異母兄を目の敵にしている利雅が、一段高い廂から、顎を上げて雅遠を見下ろす。

……もっとも、雅遠のほうがはるかに背は高いので、一段ぐらい上にいたところで、利雅が雅遠を見下ろせているわけではない。

「貴殿がずいぶん暇そうにしていたので、声をかけたまでです。まったく、このような人目につくところで、間の抜けた姿をさらして、不注意にもほどがある」

「人、いないだろ。みんな帰ったぞ」

「それと、その話し方！　家にいるときなら、私も貴殿を兄とも思いますが、ここは禁中ですよ。貴殿の官位は私より低い。上の者には、それなりの礼儀があるでしょう。いったい何度言えば――」

「これはこれは、従五位上で五位蔵人の源利雅どのに、とんだ失礼を」

　官位が利雅より低いといっても従五位の上か下かの違いだが、こちらも同じ説教は聞き飽きているので、雅遠は姿勢を正し、大袈裟《おおげさ》なくらい丁重に頭を下げてみせる。

　雅遠が無位無官で家にいたころは、慇懃《いんぎん》無礼《ぶれい》の見本のような態度ながら、雅遠を兄上と呼んではいたものの、出仕するようになってからは一転、自分の立場が上なのだと誇示するようになっていた。やっと本性を見せたか、と思えば、遠まわしな嫌みよりは、かえってましだという気もしなくはないが。

ようやく雅遠を見下ろせた利雅は、腕を組み、小鼻を膨らませて、大きくうなずいた。

「結構。貴殿が何か粗相をすれば、身内である私の恥にもなりかねない。くれぐれも気をつけるように」

「心得ました」

……遠まわしな嫌みよりましだとしても、面倒くさいことに違いはない。

「それと、聞きましたよ。今日は主上の囲碁のお相手に、貴殿が指名されたとか。こんなところでぼんやりしている間があるなら、作法のひとつでも覚えたらどうです。もっとも、どうせ知らないのでしょうが、知らないなら——」

「そのことでしたら、お気遣いは御無用。これから滋野惟元どのと大江夏景どのが戻られてから、いろいろ教えていただくことになっておりますので」

「……っ」

利雅は一瞬目を吊《つ》り上げたようだったが、懐から扇を取り出し、それを素早く広げたときには、もう澄ました顔になっていた。

「それなら、せいぜい六位蔵人に教えを請うがいいでしょう。くれぐれも、源氏の家の恥となるようなことは、しないように。――では、私はこれで」

言うが早いか背を向けて、利雅はあっというまに立ち去ってしまった。……自分こそ、いったい何をしに来たのやら。

「……ありゃ将来、父上そっくりになるな」

大きくため息をつき、姿勢を崩して高欄にもたれると、廂の曲がり角のほうから、忍び笑いが聞こえた。床に影が映っている。誰の影かまではわからないが。

「……見てないで助けてくださいよ、惟元どの」

大方そうだろうと思って声をかけると、案の定、惟元が笑いながら姿を見せたが、その後ろに夏景もいたのには気づかなかった。

「兄弟の話に、口を出したりはしませんよ」

「これが兄弟の話に聞こえますか」

「……仲が悪いのか」

夏景が低い声で、ぼそりとつぶやく。

「一緒に住んだことがないもんで、馴染みはないですね。俺はどうでもいいんですが、あっちは俺が嫌いらしい」

「……そういうことか」

「うまくいかないものですねぇ」

何故かしみじみとした口調で、二人とも深くうなずいている。

「ところで、惟元どのの用事は……」

「ああ、はい。済みましたよ。では行きましょうか」

今日は惟元も宿直で、夏景も帝の朝夕の御膳を運ぶ係のため、まだ内裏に残っているというので、蔵人の宿所でもあるこの町屋で、まだ覚えていない仕事や作法を、夜まで教えてもらうことになっていた。

……うまくいかない、か。

父も、どうせ結婚させるなら、利雅のほうに縁談をまわせばいいものを。

雅遠は惟元と夏景の後ろで、そっと息をついた。


今日は、雅遠は来ない。

雅遠のことだから、宿直が終わってから来るのかもしれないと思ったが、そうなると夜中を過ぎてしまうはずで、今夜は月明かりがない。灯《あか》りもなく馬に乗るのは、さすがに危ないだろう。

詞子は廂の茵に座って、絵巻物を広げていた。昨日、保名が栗や干魚などと一緒に持ってきてくれたものだ。近ごろでは、雅遠だけでなく保名までもが、まめに何かを届けてくれるようになっていた。

……保名さんまで、すっかり居ついてしまって……。

もちろん保名の目当ては葛葉だが、最初あれほど雅遠がここに来るのを恐れていたことを考えると、ずいぶんと変わったものだ。いまでは呪いの話など、忘れているのではないかと思えるほどである。

やはり、乳兄弟は似たところがあるのだろうか。

それとも、自分で思っているほどに、この身の呪いは、他者には恐ろしくないのだろうか。

……そんなはずはないわね。

詞子は、独り苦笑する。

身内でさえ、あれほど恐れたのだ。いまでも二条の屋敷では、自分のことを鬼姫と呼んでいるだろう。関わってはいけない存在として。

しかし、それでも別に構わないと、いまは思う。……身内や世間にどう言われようとも、ほんのわずかでも、この呪いを恐れずにいてくれる人たちがいるのだから。

「……」

顔を上げ、御簾越しに庭の景色を見る。

夏のあいだ青々としていた、草の茂みも色が褪せ、風に揺れる枝垂《しだ》れ桜《ざくら》の枝からは、ときおり乾いた葉が落ちた。

これから日に日に、寒くなっていくだろう。……このわびしい住まいに、通ってくれる人があるのは、どれほど心強いことか。

ぼんやりしていると、絵巻物が膝からすべり落ちてしまった。続きはまたにしようと絵巻を繰ると、動く紙が気になるのか、瑠璃と玻璃が近寄ってきて、じゃれつこうとする。

「駄目よ。大事な借り物なんだから……」

「――姫様？」

衣擦《きぬず》れの音がして、几帳の向こうから、葛葉が覗いた。

「ああ、猫たちがいたんですか」

「どうしたの？」

「夕餉に昨日いただいた魚で羹を作りますけど、鯛と鮭《さけ》、どちらがいいですか」

「……そうね、鯛がいいかしら」

詞子が答えると、瑠璃が不満そうに鼻を鳴らす。

「あら、鮭のがいいの？」

「瑠璃が食べるわけじゃないでしょう。鯛にしますよ」

それでもまだ鼻を鳴らす瑠璃に、詞子は笑って、その背を撫でてやった。

「ところで、朱華はどこ？　このあいだより背が伸びたようだから、いまのうちに袴を縫い直してあげたいのだけど……」

「朱華なら、さっき筆丸と一緒に、お使いに出ましたよ。例の、爽楽というお坊様の庵に、今朝ついた餅を届けに。そろそろ戻ると思いますけど――」

玻璃がひと声鳴いて、外のほうに首をめぐらせた。ほどなく、軽やかな足音が庭に駆け入ってくる。

「姫様、いま戻りました。あの……」

「朱華？　上がってらっしゃい」

階を上ってきた朱華が、可愛らしい声で失礼します、と言って、御簾をくぐってきた。手に何か持っている。

「姫様、爽楽様のところに、お餅を届けてきました。そしたら爽信様が、これをくださって」

これ、と言って、朱華が差し出したものに、詞子は思わず息をのんだ。

「庵のお庭で、育ててらしたそうです。少しですけど、紙とか、端切れぐらいなら染められるでしょうから、お使いくださいって」

「……」

葛葉も、微かに眉をひそめて詞子を振り返る。

ただの草花だ。

赤い花。

……韓藍。

父が捨てた恋人が、好んだ花――

「姫様？」

そう、たしかに、染め物に使える。……あの女も、この花で染めた紙で父に嘆きの文を送り、この花で染めた衣で、呪いの言葉を告げにきた。

わたしの娘を見捨て、不幸せにしたなら、許さない。

おまえ自身も、おまえに関わるすべてのものも、何もかもを滅ぼしてやる。

……褪せた韓藍の色よりも、鮮やかな赤。

この手に散った血の色。

「あの、姫様……？」

思わず食い入るように見つめていた韓藍の花が、引っこめられた。

小さな手でそれを握りしめ、朱華は不安そうな表情で詞子の様子をうかがっている。

「……あ、朱華」

「これ、もらってきたらいけなかったですか？　いけなかったら、あたし、返してきます」

「待って。……いいのよ。ごめんね、何でもないの」

すぐにでも飛び出していきそうな朱華を、詞子は急いで呼び止めた。朱華は何も知らない。知らないまま、ここに居ついてしまった。

詞子はせいいっぱいの笑顔を作り、朱華に手招きする。

「お使い御苦労様。それは葛葉に渡してちょうだい。爽信様にお会いしたら、お礼を言っておいてね。——そろそろ小鷺が夕餉の支度をするから、手伝ってあげて。羹の魚は鯛にするように伝えて」

「……はい」

葛葉は、やや強張《こわば》った表情で、朱華から韓藍の束を受け取った。朱華もまだ途惑っているようだったが、頭を下げ、庭から下屋《しもや》へ戻っていく。

寝そべっていた瑠璃と玻璃が、いつのまにか起き上がっていた。じっと黙って、詞子を見上げている。

「……姫様」

「戒めかしらね」

少し早口になっていた。

「わたくしも浮かれていたのかもしれないわ。近ごろの暮らしが穏やかすぎて、呪いのことを思い出しもしない日さえあって——だから」

「……」

「だから……忘れるな、って……」

袿の袖を握りしめる手が、小刻みに震える。心の臓が痛い。

——そなたの父が見捨てた女は、何て言った？　娘を不幸せにするなと言ったんだろ。でも、そなたに幸せになるなとは言ってないはずだ。

そう、雅遠は以前、そう言ってくれた。そして、たしかに韓藍の女は艶子の幸せを願ったが、詞子自身の幸せには、何も触れていない。

だが、幸せな日々のうちに、過去の忌まわしい記憶は薄らぐ。もとより、忘れられるものなら忘れてしまいたいような記憶だ。あの日の出来事が夢に現れ、何度恐ろしさに目を覚ましたことか。

「……そうだったわ。どうしてわたくしがここにいるのか……ここにいることそのものが、わたくしが鬼だという証しなのに……」

韓藍の女の面影が薄れたとしても、呪いまでが消えたわけではない。雅遠の腕の中で、夢も見ずに眠れる夜は、かりそめの幸せなのだ。

忘れるな。

呪いに縛られた宿業を。

幸せを許されたような気になってはいけない。ただ束《つか》の間《ま》、見逃してもらっているだけ。

それを詞子に知らしめるために、あの女が、何も知らない爽信と朱華を使って、この花を送ってきたのだ。

「……捨ててきます！」

叫ぶように言って、葛葉が立ち上がった。切れ長の目を見開いた、その顔色が白い。

「いいじゃありませんか、忘れたって。もともと姫様に恨みを押しつけるのが間違ってるんです。こんな花が何だっていうんですか」

「待ちなさい」

詞子は葛葉の小袿の裾を摑んで、引き止めた。

「駄目よ。爽信様が御厚意でくださったのよ。それだけ摘むのは手間だったでしょうに」

「でも——」

「花に罪はないわ。懐紙に包んで、そこの机に置いておきなさい」

「……」

「おまえまで、そんなことを言うようになったのね、葛葉。まるで、どこかの遠慮知らずの殿方みたい」

無理にでも笑ってみせたら、鼓動が幾分、落ち着いてきたようだった。

葛葉も、ようやく少し、眉を開く。

「……それは嫌ですね」

「でも、はっきりものを言うところは、もとから似ているかしら？」

「ますます嫌です」

葛葉はため息をついて、懐紙を取り出し、手早く韓藍を包んだ。

「今日に限って宿直ですか。……間の悪い」

「……そうね」

きっと、それも韓藍の女の戒めなのだろう。

どれほど苦しくても、胸が痛んでも、雅遠に頼って楽になろうとするな、と――

清涼殿《せいりょうでん》の一間で、碁盤を挟み、雅遠は帝と向かい合っていた。

あたりには、女房などの近侍の者たちの気配はない。人払いしてあると、帝は言っていた。

「……仕事は、そろそろ慣れたかな」

帝が、白い碁石を盤上に置く。ぱちり、と、小さな音が響いた。

「まだまだ至らないことばかりです。覚えることも多いですし。……でも、皆がよく教えてくれます。今日も、惟元どのと夏景どのには、世話になりました」

「ああ、二人とも、よくやってくれている」

雅遠は黒い石を打ち、目を上げながら、さりげなく帝の顔を眺めた。

年は、二十のはずである。しかし少しうつむいて盤を見つめる面差しは、おとなしげなほど温和で、年よりも五つ六つ上にも思えた。

「……本当は、すぐにでも蔵人になってもらいたかったのだが」

うまくいかなかったとつぶやき、帝が石を打つ。

「主上のお気遣い、身に余る光栄です。しかし私が経験不足なのも事実ですから」

「初めは誰でもそうではないかな」

「童殿上《わらわてんじょう》すらしたことないんですよ」

「左府の子なのに、機会がなかったのは意外だ」

「いや、機会はありましたよ」

雅遠は石を打ち返して、口の端をわずかに持ち上げた。

「……ただ、童舞で失敗しまして」

「失敗？」

「童殿上させる前に、父は前《さき》の帝の行幸での宴《うたげ》で、私に舞をさせようとしました。ですが、宴前日の試楽でうまく舞えなかったので、恥をかくのを恐れた父は、本番では弟に代わりを務めさせたんです」

　荒馬に乗れるより、舞や楽器が得手であるほうが、どんなによかったかと、父が嘆息していた姿を、憶えている。

「……それで、童殿上もなくなったと？」

「父は見栄っ張りなもんで」

　つい、さばけた口調で言ってしまったが、帝は目を細め、頰を緩めた。

「見栄を気にするのは、左府に限ったことではないよ。……だが、それは残念だった。兵部卿宮から、雅遠はとても付き合いやすいと聞いていたからね」

「あー、宮は女人を片っ端から口説いてるからですよ。男友達は、うっかり宮と親しくして、自分の恋人に興味を持たれたら大変だって、近寄りたがらないんです」

「……雅遠は、そういう心配はしないのか？」

「興味を持たれたら、釘《くぎ》を刺しますから」

　というより、もう刺してあるのだが。

　帝はじっと盤上を見つめ、しばらくして石を置き、小声で言った。

「……私より、兵部卿宮が帝位に就けばよかったのだろうな」

　独り言のようだったが、雅遠は訊き返してみる。

「何故です？」

「兵部卿宮なら……きっと、もっとうまく、皆を等しく愛せただろうに」

「……女御様たちのことですか」

燈台《とうだい》の炎が、一瞬、大きく揺らめいた。

現在の後宮には、梅壺と藤壺に右大臣の娘、麗景殿に左大臣の娘、宣耀殿《せんようでん》に左大臣の弟の娘、そして登花殿に前の右大臣の娘と、五人の女御がいる。他にも更衣や、多くの女官。

「女御だけでも、私には多すぎるようだ。……一人だけを愛せば、他の四人が、その一人を妬む。五人を等しく愛せば、大事な一人に、寂しい思いをさせてしまう」

「……登花殿の、女御様を？」

帝は、どこかで見た仏の像のような、穏やかな笑みを浮かべている。

「私がまだ東宮《とうぐう》のころに、東宮妃に選ばれたのが登花殿だ。もちろん前の右大臣が望んだことだったが、何というか、気が合ったのだろうな。側にいると、心が休まる。

……雅遠の番だよ」

促されて、雅遠は碁石を置いた。

「……いいじゃないですか。そんな大勢になんか、気がまわるもんじゃないですよ」

帝が驚いたように目を見開き、それから苦笑する。

「そんなことを言っていいのかな。麗景殿は、雅遠の姉だろう」

「それは、まぁ、できれば姉が一番なら、とは思いますけど——」

そういえば、姉とは入内《じゅだい》以来、何年も会っていない。もともと姉は、いずれ帝の妃《きさき》にさせるために、屋敷の奥で大切に育てられてきたので、弟である雅遠とさえ、あまり顔を合わせることはなかった。

姉は、何を思って入内していったのだろう。

「……仕方ないですよ。無理に好きになろうとか嫌いになろうとか、人の気持ちは、周りの思いどおりになんか、なりません」

もしも桜姫と出逢っていなかったら、おそらく自分は、気乗りはしなくとも、藤原吉親の娘との結婚を、承諾していただろう。

でも、もう遅い。

桜姫を一番にしか、愛せない。

「……まるで、思いどおりにはなりたくないことでもあるような言い方だな」

ささやくように小さく言い、雅遠が返事をする前に、帝は碁盤から顔を上げた。

「その石はそこでいいのか？　雅遠」

「へ？　……あ、はい」

「それなら、私の勝ちだ」

ぱちりと音高く、白い石が置かれる。

「あ」

「ずいぶん早く勝負がついてしまったな。私に遠慮することはないのに」

「……いや、違います。手加減はしてません」

ああ――と、帝が納得したようにうなずいた。

「囲碁は苦手か」

「はぁ、実は」

「それなら、ここまでにしよう」

帝が碁盤を脇に押しやり、雅遠にまっすぐ向き直った。

「今日は、いつかの礼が言いたくて呼んだのだ。……左府の子には、本意ではなかったかもしれないが」

「……」

例の、登花殿の女御の実家に押し入った盗賊を、捕縛した件だろう。帝に最も寵愛《ちようあい》されている、登花殿の女御の身を、結果的に助けてしまった。そのことは、たしかに父には不満だったようで、余計なことをするなと説教されたものだが。

「知らなかったんです、女御様が宿下《やどさ》がりされておられたことは。私はただ、自分の住まいを荒らした不逞《ふてい》の輩《やから》を、捕まえてやりたかっただけで」

「そうか」

「――ですが、女御様が御無事で、それで主上も安心なさったなら、よかったです」

あえてはっきりと、雅遠は帝の目を見て言った。

左大臣派か、右大臣派か。

二分された権力争いの渦からこぼれ落ちた、前の右大臣の姫君。

高貴な血を引く中納言家の姫君ながら、世間から取り残された桜姫と、どこか似ている。

似ているから、そういう女を愛した者として、帝の気持ちが、少しわかるような気がしていた。

……大変だよな。登花殿にだけ入り浸ってるってわけにも、いかないんだろうし。他の女御にも気を配らないと、きっと父や右大臣がうるさいのに違いない。そういえば、苦労が多いと実の年よりも老けて見えると、聞いたことがある。帝も五つ六つ早く老けるほど、気疲れしているのだろうか。

「……聞いたとおりなのかな」

「は？」

帝は、どこか気の抜けたような笑顔を見せた。その表情だけは、初めて二十歳に見えた。

「私は、登花殿の里が左府の子に助けられたと知って、左府に借りができてしまったと思った。だが兵部卿宮は、そのようなことはないと。……源雅遠という者は、己の立場を考える前に、心で動いてしまう人物だから、貸しを作ったことにも気づいていないはずだと、聞いたのだが」

「……それじゃ何か、私がずいぶん浅はかなやつみたいじゃないですか」

そう評されたところで、実際、反論の余地はない。白河に通い始めたころも、いったい幾度、軽率だ、立場を考えろと、桜姫に叱られたことか。

雅遠はぐっと胸を反らし、背筋を伸ばした。

「冗談じゃないですよ、主上に貸しを作ったつもりはありません。だいたい立場といっても、左大臣の息子という立場など、いいことばかりじゃないんですから」

右大臣の一派からは嫌みを言われるし、皆は妙に気を遣うし——と雅遠がぼやくと、帝は軽く声を立てて笑った。

「左府が聞いたら驚くだろうな。せっかく大臣にまでなったというのに、息子にありがたがってはもらえないとは……」

「右大臣とのいさかいに巻きこまないでくれれば、ありがたいですよ」

「そうは言っても、息子は父の味方になるものだろう」

「味方にはなりたくないですね。私から見れば、父も右大臣も、それほど変わりはありません。むしろあの張り合い方は、そっくりです。どっちもお断りだ」

きっぱりと言い切ってしまってから、少々しゃべりすぎたかと思ったが。

「……源雅遠」

穏やかな顔が、張り詰めた面持ちになる。揺らぐ火が、帝の表情に濃い影を作っていた。

「それは、本心か？」

「本心ですよ。もちろん立場はありますから、それは仕方ないことですが……」

雅遠は、静かに息を吸って、吐いた。

「蔵人所の方々から――我々は、主上にお仕えする者だと教わりました」

「……」

「こうして昇殿をお許しいただくようになったいま、私も、左大臣の息子である前に、主上にお仕えする者です」

出世はしたいが、権力争いには巻きこまれたくない。

それなら、左大臣派にも右大臣派にも属さず、どちらの思惑にも左右されない、自分はただ帝の臣下なのだという意思を、明確に示しておく必要がある。次の春、正式に任官される前に。

帝は探るような目で、雅遠を見据えている。

「……私に仕えるというなら、いったい何をしてくれるのか？」

「もちろん主上をお助けし、人々のためとなる政を行えるよう、尽力します」

「皆、口ではそう言う」

「口だけでは、そうとしか言いようがありませんね。でも、そのとおりにしますよ」

「……」

くっ、と喉を鳴らすようにして、帝が笑った。

「登花殿にも会わせてみたくなった。あれはなかなか聡《さと》いから、雅遠を見て何と言うかな」

「お許しがあれば、いつでも御挨拶に伺いますが」

「……いや、やはり無理だろう。左府が認めるはずもない。言ってみただけだ」

雅遠は、あたりを見まわしてみる。夜も更けてきて外は暗く、人払いされているので、静かだった。

「いまから行きますか？」

「何？」

「いまなら人目も少ないし、主上のお渡りのお供だということにでもすれば、蔵人の仕事のうちだって、言い訳できそうですけど」

帝はちょっと目を瞬かせて、それから、苦笑いをする。

「名案だと言いたいところだが、今夜は登花殿の順番ではないし、昼間なら行くこともできるが、いまから呼べもしないしな」

「順番？」

「私は夜、女御を順番に召し出すことにしているのだよ。梅壺、麗景殿、宣耀殿、藤壺——次がようやく登花殿だ。誰かに偏ると、不満が出るからな」

「……あー……」

面倒くさそうだ。絶対、自分にはできない。

「そうなると、女御様が増えるほど、なかなか登花殿の女御様に会えなくなるじゃないですか」

「ああ。だから、できればこれ以上は入れないでほしいものだね」

たしかに、後宮の殿舎がすべて女御で埋まってしまったら、順番はどんどん遠くなる。

「それで、今日はどなたの番なんです？」

「今日はもとから誰も召すつもりはなかったが、明日は梅壺だ」

「……だいぶ先ですね」

雅遠は首をひねって、しばらく考えた。

「こっそり行けば、大丈夫じゃないですか？」

「こっそり？」

「ここから登花殿に行くには、承香殿《じょうきょうでん》と弘徽殿《こきでん》を通るんでしたね。いまどちらも使われてないんですから、黙って通ればわかりませんよ。女御様に御挨拶だけしましたら、私はどこかに下がっていますから、主上は夜が明ける前に戻られれば」

「しかし、外には女房たちもいるし、弘徽殿の前には滝口陣《たきぐちのじん》も……」

「女房には、主上が直々に、滝口どもの働きぶりを御覧になるためとでも言っておけばいいですよ。滝口の連中は――ああ、今日の当番なら話のわかる者たちですので、万が一見つかっても大丈夫です」

滝口は蔵人所に属し、禁中の警備や宿直、帝の供を務める者たちで、その詰め所が清涼殿の横にあった。同じ蔵人の内なので、雅遠にも馴染みはある。

帝が、迷いの表情を見せた。

「……見つからずに、歩けるのか？」

「灯りはひとつだけ持っていきましょう。私は暗がりに慣れてますので、先導しますよ」

何しろ、月明かりのおぼつかないときでも、白河まで馬を走らせているのである。いまでは愛馬まで、平気で夜道を駆けるようになっているくらいだ。

帝が、ゆっくりと立ち上がった。

「……連れていってくれ、雅遠」

「かしこまりました」

平伏し、雅遠が返事をする。

昼間なら、弘徽殿から登花殿の付近の庭を歩いたことはあるが、さすがに夜、それも建物の中を歩いたことはない。

だが。

……いいじゃないか。一回や二回、余分に好きな女のところに行ったたって。

本当なら、順番など気にせず、行きたいときに行き、呼びたいときに呼べばいいのだ。そうしてもいいはずなのに。

手燭《てしょく》を用意し、外の女房たちを適当に誤魔化して、雅遠は帝と連れ立って歩いた。

「……私が道を間違えているようでしたら、教えてくださいよ？」

「何だ、急に頼りないな」

「暗いのには慣れてますが、道は不案内ですから」

それ以上はしゃべらず、できるだけ足音も抑えて、滝口陣を迂回《うかい》するように承香殿の内を通り、弘徽殿の廂に出たところで、向かいの藤壺、梅壺の建物から見えないように、できるだけ中を進む。帝の代替わり以来、久しく使われていない建物は、静まりかえっていた。

……風が出てきたな。

蠟燭《ろうそく》の小さな火が揺らぐのを、袖で風を遮って防ぐ。

背後で聞こえる帝の衣擦れの音を気にしながら、雅遠は暗闇を見据えた。

と——

微かに砂を蹴って走るような音が聞こえ、すぐに消えた。

「……？」

雅遠は手燭を掲げようとしたが、逆に腕を引いて、立ち止まる。

「……どうした」

「妙です。……あんなところが明るい」

「何？」

雅遠は、前方を指さした。もう目の前は、登花殿の建物である。

月もないのに——その建物の庭先が、うっすらと見えるのだ。

「……よく、わからないが」

雅遠の後ろから帝が顔を出したが、夜目の利く雅遠のようには、見えていないらしい。雅遠は帝を促し、足を速めた。嫌な予感がする。

登花殿への渡殿の前まできたとき、それが何なのか、ようやくわかった。

……何だよ、これ。

大声を出しそうになるのをかろうじて抑え、雅遠は帝を振り返る。

「登花殿の下から、火が出てます」

「火？」

「火事です」

帝が、大きく目を見開いた。

「……澄子《すみこ》！」

雅遠は、誰かの名を叫んで駆け出そうとした帝の腕を、とっさに摑む。

「放せ、澄子が――」

「落ち着いてください！　――西廂の下が燃えてます。主上は女御様たちを、東側から弘徽殿に移してください」

「東から……よ、よし」

「お願いします」

おそらく走ったことなどないであろう帝が、よろけながら渡殿を走っていくのを目の隅で確かめながら、雅遠も踵を返し、弘徽殿の廂を走りながら、できるだけ大きな声で、火事だ火事だと叫んだ。ほどなく、松明《たいまつ》を持った警固《けいご》中の滝口の者たちが駆け寄ってくる。

「――そこにいるのは誰だ？」

灯りの届くところまできて高欄から下を覗くと、見覚えのある面々が集まってきていた。

「滝口か？　源雅遠だ。すぐ来てくれ、登花殿の西側で火事だ！」

「雅遠どの!?」

「火事だって？　……お、おい、行くぞ！」

「おまえは井戸から水を――」

　騒ぎを聞きつけて、清涼殿からも人が出てくる。雅遠はあちこちに声をかけ、再び登花殿に走ったが、戻るころにはあたりに焦げた臭いがして、薄く煙が漂っていた。どこからか、女たちの悲鳴なども聞こえてくる。

「――雅遠どの」

　下から野太い声がして、高欄から身を乗り出すと、夏景が駆けつけてきたところだった。

「登花殿が火事と聞いたが」

「西側で火を見た。滝口たちが火消しに行ってる」

「……」

　夏景が鋭い目で雅遠を見上げ、高欄のすぐ下まできた。雅遠も屈んで、高欄の隙間から声を落として話しかける。

「俺が見たところ、西廂の床下が火元だ」

「……付け火か」

「たぶん」

「火を見つけた状況を話してくれ」

「主上を登花殿にお連れする途中で足音を聞いたんだ。それでそこから火が見えた。主上には、女御様たちを弘徽殿に移すようにお願いしてある」

「主上に？」

夏景が、一瞬目を丸くした。

「……主上にものを頼むとは……」

「仕方ないだろ。主上と俺しかいなかったんだ。それに俺が止めたって、主上は好きな女を自分で助けにいってたよ」

「……お忍びの手助けか。この馬鹿」

吐き捨てるように言って、夏景は火事のほうに素早く目を走らせた。

「主上と女御は御無事か？」

「まだ見てない」

「馬鹿、早く行け。あっちは任せろ」

「──頼む。後で知らせてくれ」

「雅遠、弘徽殿は火元に近い。無事を確かめたら清涼殿にお連れしろ」

「わかった」

早口で応酬して、雅遠と夏景は、それぞれの方向に駆け出す。

雅遠は手燭の灯りで近くの妻戸《つまど》を探し、中に入った。奥から人々のざわめきが聞こえる。女たちの声だ。

「――非蔵人、源雅遠が参上いたしました。こちらに主上と、登花殿の女御様はおいでですか」

奥に向かって声を張り上げると、雅遠ここだ、と返事があった。

「主上？　御無事ですか。女御様は……」

「大事ない。ここにいる」

返事はあるが少し遠いようだ。手燭を高く掲げると、動く人影が見えて、女が一人現れた。二十四、五歳ぐらいだろうか、小柄でふくよかな女房である。

「あたくし、登花殿の女御様にお仕えしております、松虫《まつむし》と申します。女御様をはじめ、皆、残らずこちらに移りました」

「それはよかった。……主上は」

「あちらへ」

目を凝らすと、女房たちが集まって、不安げな表情でこちらをうかがっている。そのさらに奥に、帝が座っていた。

「雅遠、火事はどうなった」

「いま滝口の者たちが消していますが、夏景どのが様子を見に行っていますが、まずは皆様で清涼殿にお移りくださいますか。ここは灯りもありませんし」

「そうだな。……立てるか、澄子」

帝に寄り添うように、扇で顔を隠した女人がいた。登花殿の女御だろう。立てるかと帝が心配したわりに、女御はしっかりと立ち上がった。

「ええ、まいりましょう。……松虫、皆を集めて」

声もしっかりしている。女房たちの中には泣きそうな者さえいるのに、この状況で動じる様子も見せないとは、思いのほか肝の据わった姫君なのだろうか。

手燭を持った雅遠が先導しようとすると、松虫が側に近寄ってきて、小声で尋ねた。

「付け火でしょうか？」

「……何故、そう思うんです」

「こちらに灯りの不始末はございません。それに、付け火の心当たりなら、ありすぎるほどございますので」

「……」

ありすぎるほど——ということは、逆に、誰の仕業かを特定するのは難しいということでもある。

弘徽殿から出ると、あたりはさらに騒がしくなってきていた。他の宿直や近衛府の者たちも集まってきているのだろう。

……面倒なことになってきそうだな。

厄介事は続くものだと、雅遠はため息を押し殺した。

＊＊　＊＊　＊＊

「……床下が火元ってことは、やっぱり付け火だよな」

「そうだな」

一夜明けて、雅遠と夏景は、登花殿の周囲を見まわっていた。発見が早かったため、焼けたのは西側の廂の一部と階の半分だけだったが、あたりにはまだ焦げた臭いが漂っている。

火元はどうやら西の階の裏側あたりで、誰かが西廂の床下にもぐりこみ、階の陰に隠れて油を撒《ま》いて火を点《つ》けたらしかった。

「……心当たりは、ありすぎるほど、か」

「何だと？」

「いや、昨日、松虫とかいう、女御様の女房が言ってたんだ」

「……付け火の心当たりか」

夏景はあたりに目を配りながら、軽く息をついている。雅遠は黒ずんだ階や土台を眺めながら、頭を屈めて床下に入ってみた。

「何をしている?」

「いや、何かあるかと……」

「……貴殿は本当に、左府の息子か?」

這うようにして火元を見ている雅遠に、夏景が呆れたように言ったが、それは雅遠には聞こえていなかった。

階の延焼を免れた部分の裏に、何かが張り付いている。紙の切れ端だろうか。燃え残りのようだ。

雅遠は三寸四方ほどのそれを慎重に剥がし、明かりに透かしてみた。

文字が読み取れる。……見たことのある手跡《しゅせき》だ。それも、つい最近。決してうまくない、いや、はっきり悪筆と言っていい手跡。

「……」

頭の中で、ひとつの考えが、次第に形を成していく。

つまり、この火を付けたのは——

「夏景どのもこちらにいたのですか。……あれ?」

近づいてくる幾つかの足音とともに、惟元の声がして、雅遠は床下から這い出した。

「……雅遠どの？」

「あー、おはようございます、惟元どの」

「──雅遠様!? 何してるんですか！」

何故か惟元と一緒に保名がいて、床下から出てきた雅遠を見て目を丸くする。

「ああ、保名か。おまえこそ何してるんだ」

「着替えを届けに蔵人町屋に行ったら、滋野様がこちらに御案内くださっ──うわ、手が真っ黒じゃないですか！　ああ、衣まで……」

「わめくな。手ぐらい洗えば済むことだろ」

雅遠は立ち上がって、いま見つけた縁の焦げた紙片を、夏景と惟元に差し出した。

「着替えるあいだ、ちょっと預かっててもらえますかね」

「……」

夏景と惟元の表情が、同時に険しくなる。

「これは……」

「ありすぎる心当たりのうちの、ひとつじゃないかと思いますよ」

何でもないように言って、雅遠は煤《すす》だらけの手を叩いた。保名だけが、首を傾げている。

しばらく紙片をじっと見つめた後、惟元が口を開いた。

「……登花殿の女御が、ここの修復が済むまで、宿下がりをされるそうですよ」

「六条《ろくじょう》の実家に？」

「それは、もちろんそうだと思いますが」

雅遠は空を見上げた。今日は薄曇りで、風も冷たく、やけに寒々しい。

登花殿の女御が、実家である前の右大臣邸に帰るという。……三月ほど前に、盗賊を捕らえた屋敷。

あの場にいたのは、敦時が配した兵部省の手勢と、後から来た検非違使たち。

「――主上にお会いできませんかね」

振り向いていきなりそう言った雅遠に、夏景は顔をしかめた。

「急には無理だ」

「じゃあ、女御様でも」

「もっと無理だろう。お会いしてどうするつもりだ」

「いや、訊きたいことが、いろいろと」

「それではわからん」

「雅遠どの――」

惟元が、首を横に振った。

「貴殿はまだ非蔵人で、麗景殿の女御様の弟です。何の段取りもなく主上にお会いするのも、登花殿の女御様とお話しされるのも、どちらも貴殿の立場では、難しいですよ」

「あー……」

また立場だ。どうしてここは、こんなにもしがらみが多いのか。

しかめっつらで唸る雅遠に、惟元が苦笑する。

「ですが、今日の主上の御膳の当番は、真浄どのです。頼めばうまく取り計らってもらえるかもしれませんよ？」

「……真浄どのか」

「あのー……私の主は、いったい何を企《たくら》んでるんでしょうか？」

まだ唸っている雅遠の様子に、話の見えない保名は、心配そうに惟元と夏景をうかがい見たが、二人も顔を見合わせるばかりだった。

詞子は文机《ふづくえ》の前で、脇息にもたれ、じっと硯箱《すずりばこ》を見つめていた。

中には、紙に包んだ韓藍の花を入れてある。……捨てはしないが使うこともできず、ひとまず硯箱にしまって、昨日からそのままになっていた。

昨夜は久しぶりに、夢見が悪かった。きっかけさえあれば、鮮明に思い出せてしまう、呪いの記憶。

……強くなれたと、思っていたのに。自分はこんなにも弱い。

雅遠が側にいてくれないと、このままで充分幸せだなどと、よく言えたものだ。このままでいいなどと、ちょっと昔を思い出しただけで、すぐに雅遠がいないと不安になってしまう。こうやって、

……十二年も経つのに。

そう、あれは詞子が四つのころだった。季節も秋。……ちょうど、いま時分。

十二年のあいだ、ずっと呪い持ちの鬼姫として生きてきた。これが我が身の宿命と、何もかもを諦めて、息をひそめるようにして。

それなのに、出逢ってしまった。

呪いも災いも踏み越えて、まっすぐに手を差し伸べてくれた、愚かでやさしい人。

いまは、その手を失うほうが怖い。

「……たきつ瀬の……はやき心をなにしかも……」

いつかもらった恋歌を、口ずさむ。歌の苦手な雅遠が、世に数多《あまた》ある歌の中から、詞子のために選んでくれたもの。

大丈夫。……待っていれば、来てくれる。

目を閉じ、脇息に突っ伏すようにして、詞子はじっと、風の音を聞いていた。

枝葉のざわめき。鳥の声——

いつのまにか、まどろんでいたのだろうか。

ふと顔を上げると、砂を踏む足音がした。早足でこちらに向かってくる、いつもの。

「……あ」

思わず腰を浮かせかけたとき、雅遠が御簾を押し上げて入ってきた。一緒に、土の匂いのする風が吹きこんでくる。

「桜姫——」

早速詞子の姿を見つけ、雅遠は、何かほっとしたような笑顔を見せた。

「……おいでなさいませ」

「うん」

詞子は雅遠に茵を譲ろうとしたが、雅遠はそれを止めて、詞子の傍らに腰を下ろし、腕を伸ばしてくる。

「……」

抱きしめてきた雅遠の、縹色《はなだいろ》の狩衣は風にあたって冷たくなっていた。……これからは、日に日に寒くなっていくのだ。ここまで来るあいだに、体を冷やさなければいいが。

詞子はそっと顔を上げ、雅遠の首筋に頰を押し当てた。衣は冷たいが、肌はあたたかい。

「……どうした？」

「え？」

「珍しく、甘えてるみたいだ」

「……すみません」

雅遠は小さく笑って、詞子の頭を抱えるようにして撫でた。

「謝ることなんか全然ないだろ。いくらでも甘えていいんだぞ」

「……これ以上、ですか？」

「これ以上も何も、そなたのは甘えてるうちに入らないじゃないか」

「わたくしは……」

いつのまにか縹の衣をきつく摑んでいた手に、雅遠が手を重ねてくる。

「……何かあったのか？」

低い、穏やかな声で、いたわるように。

「そなたは、すぐ無理するからな。……言えることなら言ってくれ。そなたがもっと甘えてくれないと、俺がそなたに甘えられないだろ」

「……」

どうして、気づくのだろう。……何故、欲しかった言葉がわかるのだろう。

「夢を……」

「うん？」

「……久しぶりに、悪い夢を見ました」

「ああ。……そうか」

雅遠はうなずいて、詞子の手を握りしめた。

「大丈夫だ。今夜はこのまま泊まれるから、そんな夢、俺が追っ払ってやる」

「……はい」

ただそれだけで、ようやく手から力が抜ける。詞子が静まると、逆に雅遠のほうが抱く腕に力をこめ、詞子の肩口に顔を埋《うず》めてきた。

「雅遠様……？」

「……あー……やっぱりここは落ち着くなー……」

急にどうしたのかと思ったが、そういえば、昨夜は御所で宿直だったはずだ。やはり気が張るものなのだろう。

「昨夜からお仕事で、お疲れでしょう。先に少しお休みになっては……」

「……んー、いや、途中で交代があるから、その後は休めるはずだったんだけどな。

昨夜は火事があって……」

「えっ？」

思わず身を引いてしまい、はずみで雅遠の頭が肩から落ちかける。詞子は慌てて、雅遠の体を支えた。

「あの……いま火事と……」

「あー、登花殿でな。付け火らしいんだが、見つけたのが早かったから、そんなには燃えなかった。ただ、最初に見つけたのが俺だったから、いろいろ後が面倒で……」

「……」

話しぶりは世間話のようだが、中身はずいぶん恐ろしい話ではないか。

「け、怪我《けが》はっ……」

「あ？」

「怪我はありませんか。そんな、火を見つけたなどと……」

またどこかに傷を隠してやしないかと、詞子は雅遠の腕を摑んだ。すっかり気を抜いていた雅遠は顔を上げ、その勢いに面食らったように、目を瞬かせる。

「いや、怪我なんかしてないぞ。遠くから見つけただけだし、火消しは別の者たちがやってくれたから、近づいてもいない」

「本当ですかっ？」

「本当だって。何ならここで脱いでみせるか？」

「……そこまでなさらなくて結構です」

「そもそも、そなたにはもう隠したって意味ないだろ。お互い、触ればすぐに――」

「わかりました。……わかりましたから……」

どうやら今度は、隠してはいないようだ。詞子は安堵《あんど》の息をつく。

雅遠は脇息を引き寄せ、そこに頬杖をついて、機嫌よさそうに笑った。

「そなたは可愛いなー」

「……からかわないでください」

「顔が赤い」

「存じません」

「そうやって心配してくれるのは、そなたぐらいだな。蔵人仲間には呆れられるし、保名は着るものが煤だらけになったって文句言うし、父上には早々に説教されるし、まったく散々だった」

「……」

首を傾げてしまった。

詞子が訝《いぶか》しむのを見て、雅遠が苦笑する。

「火事を見つけて、何で説教されるのかが不思議か？」

「はい。……付け火と、仰いましたよね？」

「誰かが登花殿の床下にもぐりこんで、廂に火を付けた。俺は主上とこっそり登花殿に行く途中で、それを見つけたんだ。付け火をしたやつには逃げられたがな」

「何てことを……」

登花殿というのは、女御の住まいだったはずだ。登花殿の女御という呼び名を、以前にも聞いた。たしか、盗賊騒ぎのあったときに。

「……登花殿の女御様は、あの、前の右府様の姫君の」

「憶えてたか」

「帝の御寵愛の深い女御様でいらしたと……」

「ああ。でも、だからこそ他の女御の妬みも深い。……主上も大変だよ。右大臣左大臣が、揃って自分の娘に皇子《みこ》を産ませようとやかましいもんだから、一番好きな女のところへ通うのも、ままならない」

「……そうなんですか」

「で、それを聞いたら、何か気の毒になってな。会いたいなら会いにいけばいいだろうと思って、主上を登花殿に連れていこうとしたら——」

火事を見つけた、と。

間がいいのか、悪いのか。

「それで火事はすぐ消せたから、まぁ、よかったんだけどな。何でそんなところに主上と二人でいたのかって、後で言い訳が大変で、結局休む間もなかった」

それは間違いなく、言い訳が必要だっただろう。雅遠は、麗景殿の女御の弟なのだから。

「……お気の毒と、思われたんですか」

「そりゃ、気の毒だろ。一番偉いはずの帝が、臣下に気を遣って、好きなときに好きな女のところへも行けやしないなんてのは」

俺には絶対真似できない――と、雅遠が顔をしかめてつぶやく。

雅遠なら、そう言うだろう。

でも。

「……偉いお方なればこそ、思いどおりにならないこともあるのでしょう」

「うん？」

「何も持たず、何もできない者なら、人から関心を寄せられることもありません。ですが、偉いお方には、皆、少なからず何かを期待するのだと思います。……応えないわけにも、いかないのではないのですか」

たとえ、それが自分の意に染まないことであっても。

「……あんまり偉くなるのも、考えものだな」

唇を尖らせる雅遠に、詞子はくすりと笑った。

「御出世は、嫌になりましたか？」

「出世はするぞ。そなたを守るためならな」

雅遠が体を起こし、詞子を見据える。

「だからそなたに関わることだけは、絶対譲らん。どれほど偉くなろうと、誰が何を俺に望もうと、それだけは、絶対だ」

「……」

それは、怒っているかのように強い口調で——なのに、じんわりと静かな声だった。

深い色の瞳。

普段、まるで子供のように拗ねたり笑ったりするくせに、ときおり、こちらが途惑うほど大人びた表情をするから、目を合わせていられなくなる。

「急に……どうされたのですか」

「うん？　……いや」

雅遠は表情を和らげて、また頬杖をついた。

「これから、いろいろ忙しくなるからな。その前に、言うことは言っておこうと思っただけだ」

「……？」

「桜姫」

雅遠が片方の手を伸ばしてきて、詞子の手を取った。

「頼みがある。……ここの東の対を、しばらく貸してくれないか」

「え……」

白河の別邸は、日常使っているこの寝殿の他に、東の対と北の対がある。北の対は荒れたままだが、東の対は、雅遠のおかげでほぼ修理が済んでいた。

使おうと思えば、使えるだろうが。

「お貸しすることはできますが、何かにお使いになるのですか？」

「登花殿の女御をかくまってくれ」

「……」

かくまう。

女御を。

「どういう……ことですか」

詞子は雅遠の手を、無意識に握り返していた。

「登花殿の女御は、おそらく命を狙われてる」

「……」

穏やかではない。

「表沙汰にはされてないが、ここ半年ほどのあいだ、妙なことが続いたんだそうだ。

登花殿の庭に何度か怪しげなものが埋められてたり、女房の一人に物《もの》の怪《け》が取《と》り憑《つ》いたり」

「それは……」

「呪詛《じゅそ》、ってことだ」

淡々と、雅遠が告げる。

「もともと登花殿の女御はしっかりした性質らしいが、さすがに落ちこんだんだろうな。三月ほど前、一度宿下がりして、六条の前の右大臣邸に帰った」

「……あ」

「そう。帰るなり盗賊騒ぎだ。あのときも女御は、危険な目に遭いかけただろ」

四条の左大臣邸に侵入したときには、雅遠に矢を射かけ、刀傷まで負わせた荒々しい盗賊たちだ。雅遠の知らせで登花殿の女御は内裏に戻り、六条の屋敷に押し入った盗賊も捕らえられて事なきを得たが、その夜も盗賊どもは、刀や弓矢を持っていたというから、女御がそのまま屋敷にいたら、命も危うかったかもしれない。

「……まさか、あの盗賊の件も、呪詛の結果だと……」

「そこまではわからん。盗賊はあちこちに入ってるからな。ただ、よりによって女御の宿下がりの日だったのは、たしかに間が悪いし——」

雅遠は軽く息を吐いた。

「そのうえ、昨日は付け火だ。ずいぶん手荒になったもんだ」

「同じ者の仕業なのでしょうか？」

「どうだろうな。ただ、なかなか呪詛が効かなけりゃ、そういうことをしないとも限らないんじゃないか」

「……」

呪いというものは、結局は人の気持ちだ。

恐ろしいのは、人の心。

「命を狙われておいでなので、うちにお隠しする……ということですか？」

「正確には、女御の命を狙う輩をおびき出すために、だな」

雅遠は身を乗り出して、詞子の顔を覗きこんだ。

「火事で焼けたところを修理するあいだ、登花殿の女御は宿下がりすることになった。六条の実家に戻れば、また何か起きるかもしれない。……だから、逆に女御が六条にいると見せかけるんだ」

「見せかける……？」

「付け火をしたのが誰なのか、見当はついてる。けど、そいつに付け火を命じたやつを捕まえないと、主上も登花殿の女御も、気が休まらないだろ」

「ですが……」

「元凶を引っかける。そのために、一時そなたに女御を預かってほしいんだ」

「ですが、ここは駄目です」

詞子は雅遠の手を強く握って、首を横に振る。

「ここがどのようなところか、お忘れですか。鬼の住処《すみか》ですよ。わたくしの素性を知って、女御様がここにおいでになると思いますか？」

「主上と女御は、隠れる場所は俺に任せてくれるそうだ」

「雅遠様！」

「そなたしかいないんだ」

眉を下げ、ちょっと困ったように、雅遠が微笑んだ。

「この件を承知してるのは、俺の他には主上と女御、それに保名と、六位蔵人の紀真浄、大江夏景、滋野惟元だけなんだ。六位蔵人の家じゃ、女御をかくまえる余裕はない。だからって、四条の屋敷じゃ父上に見つかる。……こんなこと、よっぽど信用できる者じゃなけりゃ、頼めないだろ」

「……」

「もちろん俺だって、できれば頼みたくない。女御をここでかくまうってことは、そなたも巻きこむことになるんだからな。呪詛と付け火の次は、何が来るか――」

「わたくしは」

雅遠の言葉を遮って、詞子は、ひとつ、息をついた。

「……わたくしは、そのようなものに驚きはいたしませんが」

「そうなのか？」

「十二年、鬼として暮らしてきましたから」

生きた時間のほとんどが、呪いとともにあったのだ。女御の受けた呪詛がどのようなものかは知らないが、いまさらそんなことに怯えたりはしない。

詞子はゆっくり、顔を上げる。

「あなた様のためでしたら、どのようなことに巻きこまれても構いません。ですが、わたくしたちだけで、女御様をお守りできるかどうか」

「……そなた、いまとんでもなく可愛いこと言ったな」

「真面目に聞いてください」

「真面目に聞いてるから、正直に返事したんだろ」

雅遠は頬杖をやめて、脇息を横に押しやり、詞子ににじり寄った。

「ここには、あえて警固は置かない。いつもどおり、俺と保名が通うだけだ。そのほうが、むしろ怪しまれない」

「それでは女御様が……」

「女御も承知だ。ここに来るのは、女御と女房一人だけ。他の誰にも、女御の実家にも行き先は教えない。そのくらいしなきゃ、網は張れないからな」

一度、口を引き結び、雅遠は両手で詞子の手を握った。

「そなたの助けがいるんだ。……桜姫」

「……」

役に立ちたいと、思っていた。雅遠のためにできることがあるなら。

しかし、まさかこのようなことを頼まれるとは、考えてもみなかった。

詞子はうつむいて、自分の手に重ねられた、雅遠の骨ばった大きな手を見つめていた。人肌のぬくもりが、いまは熱いほどに感じる。

もしも——本来なら、自分とは何の関わりもないはずの、登花殿の女御をかくまって、女御の身に、何かよくないことが起きたら。

韓藍の戒めが、届けられたばかりだ。詞子に関わるすべてのもの、何もかもを滅ぼすという、あの言葉を忘れるな、と。

……でも。

雅遠が、ここにいる。

呪いを恐れぬ、強運の持ち主。

いまでは保名もここに通い、朱華と牛麻呂も居ついた。災いどころか、ここに来たばかりのころより、ずいぶんにぎやかになったほどだ。

女御に災いが及ぶのは、怖い。

だが、雅遠の運の強さを信じたい。

何より、雅遠が自分の助けを望んでくれるのなら、その気持ちに応えたい。

「……わかりました」

詞子は、うなずいた。

韓藍の戒めは、戒めとして胸に留《とど》めておく。だが、他ならぬ雅遠の頼みなら、やすやすと呪いに屈するわけにはいかない。

「頼まれてくれるか？」

「わたくしでよろしければ、お世話させていただきます」

ほっとしたように、雅遠は笑顔を見せた。

「助かった。引き受けたはいいが、そなたに断られたらどうしようかと思ったんだ」

「でも、存じませんよ。呪い持ちの鬼に女御様を預けたりして、後で帝からお叱りを受けるかも……」

「その心配はない。俺が見るところ、この鬼は可愛いばっかりで、災いを起こすことなんかできないからな」

雅遠が声を立てて笑い、詞子を抱き寄せる。

……これで、よかったのかしら。

話を聞く限り、登花殿の女御は右大臣側からも左大臣側からも、疎まれているようだ。そのような女御を助けることが、巡りめぐって艶子の幸せの妨げになりはしないか——とは、考え過ぎだろうか。

「……」

誰からも疎まれる姫君。

世の中に、そんな宿命を背負ってしまった人が、他にもいたのだ。

詞子は目を閉じ、雅遠の胸に額を押し当て、そうして、しばらくして顔を上げた。

「……女御様は、いつ、こちらへ？」

「明日の夜に」

「女御様をお迎えしますのに、東の対では申し訳ないです。こちらの建物を空けて、わたくしが東の対へ移りましょう」

「いや……女御がいるときに二条から誰か来たら、まずいだろ。いま保名に、畳とか几帳とかを用意させてるから、そのまま東の対を整えてくれないか」

「では、明日中に支度をしておきます」

ちょうど夏のうちに、御簾を新しく掛け替えたばかりだ。明日、昼間のうちに掃除をしておけば、すぐ使えるだろう。

そんなことを考えていて、ふと気づくと、雅遠が笑みを含んだ顔で、詞子を見ていた。

「……何ですか？」

「あー、いや、よくそなたが、ここにいてくれたと思って」

「はい……？」

雅遠の指先がゆっくりと、頬をすべっていく。

顎を軽く持ち上げられ、仰のかされた。

「……昔の俺は、出世どころか、現世にまで興味がなさそうな顔をしてたそうだ」

低く笑ってそう言った、吐息が唇に触れる。

「そうだったのかもしれない。……言われるまで気づいてなかったけどな。たしかに昔は、世の中がつまらなかった」

「……いま、は……」

「いまは、結構楽しいな。……特に、そなたといると、楽しい」

詞子を抱きかかえたままで、雅遠の上体が、前に傾いだ。ずるずると崩れるように、茵に押し倒されていく。

「……雅遠様？」

詞子の胸を枕に、雅遠は目を閉じていた。ややあって、寝息が聞こえてくる。

昨夜は休めなかったと、さっき言っていた。話すことを話して、落ち着いたのだろうか。

……相変わらず、無茶なひと。

出仕を始めるなり、いったい何をしでかそうというのか。

詞子はため息まじりに微かに笑って、眠ってしまった雅遠の肩を、そっと袖で包みこんだ。

＊＊　　＊＊　　＊＊

夜半過ぎ、二台の女房車を率いた一行が、待賢門《たいけんもん》を通って大内裏《だいだいり》の外に出た。先を行く大きな糸毛の車には、登花殿の女御と付き添いの女房が一人。後ろについた幾分小さめの車には、病の親の看病のため、職を辞して家に帰る女房が一人で乗っている。

一行はそのまま中御門大路《なかみかどおおじ》を東へ進み、東京極大路《ひがしきょうごくおおじ》に突き当たったところで、南へと向きを変えた。

静かに。けれど車を引く牛を追い立てるようにして速く。

しばらく道を下ると、二台の車は二条大路の東端と交わる付近で、速度を緩めた。

夜半過ぎ、東京極大路と二条大路が交わる辻《つじ》の物陰で、雅遠は保名、爽信とともに、灯りも持たずにひそんでいた。

「……悪いな、爽信。こんなこと頼んで」

「手伝いは構いませぬが、この頭では、烏帽子《えぼし》がすべって落ちそうです」

爽信は笑って、髪のない頭に被《かぶ》った烏帽子を押さえてみせる。

これから登花殿の女御を乗せた牛車《ぎっしゃ》が、宿下がりの途中でこの辻を通ることになっていた。出家し、僧形《そうぎょう》となった爽信に、狩衣を着せてまで同行を頼んだのは、桜姫の事情と白河の別邸の場所を知っている、数少ない人物だからである。

一行がここに来たら、女御の車だけを引き受け、鴨川《かもがわ》にかかる二条の橋を渡って、北白河まで誘導する。すでに牛麻呂と筆丸を女御の一行に紛れさせてはいるが、女御が一行と分かれた後、付き添いが自分と保名だけでは、心もとない。

「……しかし、貴殿はつくづく、面白き方でございますな」

「どうせ、また馬鹿なことやってるって、おまえも思ってるんだろ」

「いえいえ。やはり貴殿は並みの公達ではござらぬと、感心いたしております」

「……やっぱり馬鹿にされてるように聞こえるんだが」

「誰が聞いても呆れますよ」

夜風に震えながら、保名が恨めしげにぼやく。

「せっかくこれから出世できそうだというのに……大丈夫なんですか、こんな企てをして」

「あのな、出世するためにやってるんだ、俺は」

「……はぁ？」

風が吹いて、道端の草がざわめいた。辻の角には、誰も住んでいないらしい荒屋《あばらや》があり、雅遠らはその崩れた築地《ついじ》の陰に隠れている。荒屋の庭は尾花が鬱蒼《うっそう》と茂り、建物があるのかどうかも見えないくらいだった。

「こんなことをして、出世できるんですか？」

「声が大きい。……少なくとも、父上には頼らないで出世ができる」

「……どういうことですか」

雅遠は首を伸ばして、道の向こうを見た。細い月が、あたりを薄く照らしている。

女御の一行は、まだ来ない。

「どうって……そりゃ、父上に頼って出世したら、父上に逆らえなくなるだろ。何でも言いなりにならなくちゃいけない。結婚相手もな」

「あ」

保名がまた声を大きくしてしまい、慌てて口を袖で覆った。

爽信は面白そうに、雅遠を横目で見ている。

「なるほど。白河の姫君のためですか」

「他に出世する理由なんかあるか。……父上に頼れないからって、まさか右大臣の仲間になるわけにもいかない。だったら、出世の頼みにできるのは、一人だけだろ」

「一人……？」

「左大臣でも右大臣でもない。もっと上——人臣の上に立つ方だ」

「……それって、みか……」

またも声を上げそうになって、保名が口を押さえた。

帝。

世を統べる、唯一人。

「……直接、主上にお取り立ていただくということですか」

さすがに爽信も、浮かべた笑みが、微かに引きつっている。

「確実だろ？」

「確実ですが……いまの政を動かしているのは、やはり大臣たちではございませぬか。主上を頼みとして、どこまで昇進できますか……」

「いいんだ。何もいますぐ大臣になろうってわけじゃないんだしな。……ただ、主上の信頼を得ておいて、損はないはずだ」

「……それは、もちろん……」

保名と爽信は、顔を見合わせていた。

「で、ですが、雅遠様。主上の信頼は得られても、二度も登花殿の女御をお助けしたことが殿のお耳に入れば、またお叱りを受けるのでは……」

「そうなったら面倒だから、こうして誰の耳にも入らないように、俺たちだけで動いてるんだろうが。……大変だったんだぞ、蔵人の連中を説き伏せるのは」

当然のことながら、真浄、夏景、惟元の三人は、雅遠が女御をどこへ隠そうとしているのか、せめて自分たちだけには知らせておけと、ずいぶん言われた。本来はそうしておくべきだというのは百も承知していたし、三人を信用していないわけでもなかったが、やはり万が一のことを考えると、どうしても明かすわけにはいかなかった。

「それでよく、主上と女御が御承知くださいましたな」

「いや、主上には言った。藤原国友《くにとも》の娘が暮らしてる別邸にこっそり通ってると説明したら、むしろ同情されたな。左府の子と二条の黄門《こうもん》の娘が恋仲と皆に知れたら、それは大事だろうって」

秘密は守ると約束してくれた帝は、さすがに『白河の鬼姫』の噂は知らなかったようだ。あとで登花殿の女御にも話しておくと言っていたが、まさか女御も、そんな噂は知らないだろう。

「……俺だって、危険なことしてるとは、思ってるよ」

そうつぶやいた雅遠を、保名と爽信が振り返る。

「どう転ぶか、賭けみたいなもんだ。……けど今度のことは、ほっとくわけにはいかない」

左大臣である父が、右大臣の不遇の弟と手を組んだ。

参議と右衛門督、そして盗賊の件で不審な動きを見せた検非違使庁の、別当を兼任する、藤原吉親。その娘を自分と結婚させようとしている。

そんなとき、登花殿で火事騒ぎがあった。聞けば、実は女御が前々から呪詛されているという。

藤原吉親の件と登花殿の女御の件は、まったく関係ないかもしれない。登花殿の女御のことは、ただ気の毒だと思うだけで、済ませることもできる。

だが、気になることがあった。

先日敦時が、退出する雅遠を待ち伏せて教えてくれた話。

ひとつは登花殿の女御の実家で捕らえた盗賊が、検非違使庁に渡されるなり、全員死んだこと。もうひとつは、その盗賊たちは、女御の屋敷に押し入ったさい、誰かを捜している様子だった——ということ。

盗賊なら、手近にある金目の物を持って、できるだけ早く逃亡したいはずだ。ところが敦時が後で調べたところ、件《くだん》の盗賊らは物を盗《と》る前に、逃げる家人たち、それも女房ばかりを追いかけて、屋敷の奥まで深入りしようとしていたのだという。もし敦時の手勢が控えていなかったら、間違いなく怪我人、下手をすれば死人が出ていただろう。

確証はないので桜姫には話さなかったが、盗賊が、宿下がり中の女御を捜していたと、考えられなくはない。もしそうだとすれば、盗賊は、女御をどうするつもりだったのか。

武器を持った、荒々しい賊だった。

……ただの盗賊が、自分たちの意思で、元大臣の姫君をどうにかするつもりだとは、思えない。

その盗賊どもは、朱華と牛麻呂の、昔からの仲間だった。

先ほど、あらためて牛麻呂に、かつての盗賊仲間のことを訊いてみた。すると、新しく頭になった男のやり方が、あまりにも手荒なため、そんなことをしていたら、いずれ捕まるだろうし、捕まった後の仕置きも厳しくなるだろうと、仲間の一人がいさめたことがあったが、頭である男は、自分は何をやっても捕まりはしないし、捕まってもすぐに牢《ろう》から出てみせると、忠告を一笑に付したという。

ただの自信過剰な言葉だと、聞き流すことはできる。牛麻呂も、そのときは内心で、そんなはずはないと思い、呆れていたそうだ。

――だが、それが検非違使と通じているから、という根拠に基づく自信なら、話は別だ。

仲間のうちに、新しい頭の手荒なやり方に反発し、検非違使にわざと捕らえられて、賊のねぐらを密告した者がいたという。ところが賊の頭は捕まるどころか、検非違使に捕らえられているはずの仲間のほうが、どうしたことか、逆に頭に殺されたらしい。

牢に入れられている者を、役人でもない者が殺すことなど、できるはずがない。できるとすれば、検非違使が密告者を殺し、その首を盗賊の頭に渡してやったか、または密告者を生きたまま牢から出し、盗賊の頭に引き取らせたか――いずれにせよ、検非違使と盗賊が、不正に繋がっていなければ、できないことだ。

その検非違使たちを統べるのが、検非違使別当、藤原吉親。

もしも誰かが、盗賊を操り、登花殿の女御を亡き者にしようとしていたとしたら。

その『誰か』とは――

「……雅遠様っ」

保名が、雅遠の袖を引いた。

道の向こうに、ぼんやりと火のようなものが見える。微かに聞こえる、車の進む音。

「来たか」

「声をかけますか？」

「まだだ。……あれが女御の車だとわかるまで、こっちの姿は見せるな」

　雅遠は保名と爽信を促して、築地の陰に身を寄せる。

「……ひとつ、白河の姫君のことで、お伺いしてもよろしいですか」

　爽信が、まだ遠い火を見つめながら、ささやくように言った。

「何だ？」

「一昨日《おととい》、朱華が姫君の使いだと、庵に届け物をしてくれました。ちょうど庭で韓藍を育てておりましたので、染料にでもなるかと、礼のつもりで朱華に渡したのですが、翌日、それを見た姫君の様子がおかしかったと朱華に聞きまして」

「……あー、そりゃ、韓藍がまずかったんだ」

　そういえば、昨日訪ねたとき、久しぶりに悪い夢を見たと言っていた、どうやら原因は、ここにあったようだ。

「桜姫に呪いをかけた女がな、ま、二条中納言が捨てた女なんだが、韓藍の女と呼ばれてたらしい。たぶん、それのせいだ」

「……それは、余計なことをしてしまいましたな」

「おまえは知らなかったんだろ。悪気がなかったことぐらい、桜姫もわかってる」

まだ忘れられないのだ。花ひとつで、思い出すほどに。

「そうでしたか。呪いをかけた女……」

「呪う相手を間違ってるんだ、その女は。いくら自分の娘のためだからって、たかだか四つかそこらの子供に、呪いの言葉を吐いて、目の前で死ぬなんて――っと。見えてきたな。話の続きはまた今度だ」

次第に炎の形がはっきりしてきて、その松明を持つ童子の姿もが、闇の中から現れた。

「……筆丸だな」

一行を先導していたのは、筆丸だった。やがて牛車と供の者たちも、辻に近づいてくる。

雅遠が慎重にあたりを確かめて、道に出た。すぐに筆丸も雅遠を見つけ、背後の一行に何か声をかけてから、松明を高く掲げる。

二台の女房車は、辻の手前で止まった。供たちは、雅遠らに無言で頭を下げる。

前の大きな糸毛の車には、女御と女房一人。後ろの小さな車には、職を辞した女房が、一人で乗っている――ということになっている。

前を行く大きな車が、再び動き出した。そのまままっすぐ、東の京極大路を下っていく。

辻には、小さな女房車が残された。

女御の一行が過ぎ去って、その車の音も聞こえなくなったころ、雅遠は残された車に近づいた。

「白河の使いです。これより先は、私どもが御案内いたします」

「御苦労です。……頼みます」

中からごく落ち着いた様子の、女人の返事がある。

松明を持った筆丸が先頭になり、雅遠、保名、爽信が、小さな女房車を取り囲んだ。車を引く牛に、牛麻呂がひとつ、鞭《むち》をくれる。

車はゆっくりと、辻を左に曲がった。——その先には、鴨川を渡る二条の橋がある。


誰からも疎まれている、登花殿の女御。

たしか、そのように聞いた。

……聞いたはずだ。

「橋を渡ったらどんどん道が細くなって、どんどん暗くなるんだもの。これはどんな山奥に連れていかれるのかと思ったわ。でも、案外近いのね。近くても暗いわ。あなた、夜は怖くないの？　何かここにいて怖いことはなかったの？」

「い、いえ……そのようなことは、特に……」

「あら、そうなの？　そうよね、後《のち》の蔵人が通っているんですもの、怖くはないわね。後の蔵人はあなたにやさしいの？」

「……」

「姫様、姫様――」

登花殿の女御の乳姉妹だという、松虫なる女房が、女御の袖を引いた。

「御挨拶も済みませんうちに、そう次々に話されては、こちらの姫君もびっくりなさいますよ。本当に姫様は、昔からそうなんですから……」

「あら、いけない。またやってしまったわね」

女御は扇で口元を隠し、ころころと笑う。

登花殿の女御と付き添いの女房の、二人だけを乗せた牛車が、白河の別邸に着いたのは、ついさっきのことだ。女御も疲れているだろうから、東の対に案内し、挨拶だけ済ませて下がろうと思っていたところ、物珍しそうに室内を眺めていた女御が、突然話しかけてきたのだ。それも、矢継ぎ早に。

「ごめんなさいね。わたし、楽しみにしていたのよ。御所では外の者と話せることなんて滅多にないし、ましてやこんなに遠出したのも、本当に久しぶりなんですもの」

「もったいないことでございます」

詞子は手をつき、女御に頭を下げた。

「わたくしは、中納言藤原国友の娘にございます。このような荒屋に女御様をお迎えいたしますこと、お許しくださいませ」

「堅い挨拶はやめましょう。こちらこそ、急に押しかけて悪かったわ。しばらく松虫と世話になるけれど、あまり気を遣わないでちょうだいね」

そう言って、女御は笑顔を見せる。まだ日も昇っていないのに、部屋の中が明るくなったような、華やかな雰囲気の美人だった。つられて詞子も、表情を和らげた。

「この家には、何分人手がございません。至らぬことも多いかと存じますが、御用の向きがございましたら、どうぞ遠慮なくお呼びくださいませ」

「……人手って、何人ぐらいいるの？」

「わたくしの他には、女房が二人と、家人が五人おります」

「それだけ？　あなたは中納言の姫なのに？」

「……お恥ずかしい話ですが、父には娘とは思われておりませんので……」

女御が目をぱちりと見開いて、身を乗り出してきた。

「まぁ、そうだったの。それで都から外れたここに住んでいたのね。――でも中納言って、おかしな人ね。あなたずいぶんきれいよ。去年の五節《ごせち》の舞姫が、美人揃《ぞろ》いだと評判だったけれど、みんなあなたほどじゃなかったわ。あなたをほうっておくなんて、もったいないことよ」

「……」

事もなげに話す女御に、今度は詞子のほうが、目を瞬かせてしまう。

「でも、これで後の蔵人が、行き先を隠したがった訳がわかったわ。場所ではなくて、あなたのことを隠したかったのね。そうよね、うっかり白河にこんな美人がいるなんて知れ渡ったら、公達が押しかけてしまうもの」

「まさか、そのようなことは……いえ、あの、すみません、後の蔵人とは……」

「ああ、ごめんなさいね。あなたの恋人のことよ。まだ蔵人ではないけれど、春の除目ではきっと蔵人にするって、主上が言っていらしたわ」

女御は楽しそうに笑い、松虫を振り返った。

「ねぇ、松虫。よかったわね。わたし、どこかのお寺にでも籠《こも》らなくてはならないかと思っていたのよ。それが、こんな可愛らしい方に出迎えてもらえて」

「嬉しいのはわかりましたから、姫様、少しお休みなさいませ。このまま朝まで姫様におしゃべりされては、こちらの姫君がお気の毒ですよ」

「あら、そうね。そういえばわたし、車の中で眠かったのを忘れていたわ」

松虫にたしなめられて、また女御が屈託なく笑う。年は二十四、五くらいと見えたが、少女のような朗らかさだ。

詞子は微笑んで、もう一度手をついた。

「狭いところですが、どうぞ、お好きなようにお使いくださいませ。わたくしはあちらの対におりますので、何かございましたら、お申し付けください」

また朝にあらためて挨拶を——と告げて、詞子は雅遠の待っている寝殿に戻った。

雅遠は狩衣を中途半端に脱いだ格好のままで、文机に頬杖をついて、うとうととしている。詞子が何か羽織らせようと、伏籠《ふせご》に掛けてある単を取りにいこうとしたところで、雅遠が目を開け、派手にあくびをした。

「……ああ、寝てたか」

「そのまま眠っては、かえって後でお疲れになりますよ。……淡路はどうしました？」

「もう遅いから、先に下がらせた。それで、女御には会ったか？」

「御挨拶してまいりました。いまは、あちらでお休みいただいております」

「そうか。……で、どうだった？」

「女御様でございますか？」

雅遠の肩に引っかかった狩衣を、詞子が背伸びをして脱がせる。

「とても明るい、お話好きな方でいらっしゃいますね。気さくにお声をかけていただき、安心しました」

「そりゃよかった。登花殿の修繕はそんなにかからないだろうから、しばらく頼むな」

「はい」

うなずき、狩衣をたたもうと腰を下ろすと、雅遠が後ろから抱きしめてきた。肩に重みがかかり、耳元で、深く息をつくのが聞こえる。

「……先にお休みなさいませ。少しでも眠っておきませんと」

「桜姫と一緒に寝る」

「これを片付けましたら、すぐまいりますから」

「待てない」

雅遠の腕が、身動きできないほどにきつく、詞子は微苦笑を浮かべた。

「……子供のようなことを」

「いいから、早く」

「これでは立てません」

言い返すなり、雅遠が軽々と詞子を抱き上げる。詞子の膝から雅遠の狩衣がすべり落ち、乾いた衣擦れの音が、やけに大きく部屋に響いた。

燭台《しょくだい》の灯りに、言動とは裏腹の、静穏な表情が見える。

「……」

詞子は、黙って目を閉じた。

「こちらが、お預かりしてきました文です」

「……ああ」

蔵人所へ出仕する前に、雅遠は惟元の計らいで密かに帝に面会した。無事隠れ家に到着した旨を知らせる、登花殿の女御からの文を渡すためである。

文に目を通した帝は、最後まで読んで、小さく笑った。

「……登花殿とは話したか？」

「今朝、これをお預かりしますときに。……驚きましたよ」

「どんなところに？」

「いや、その──……あんなに元気な方だとは思いませんでしたから」

明るくて話好きと評した桜姫の言葉は、まさにそのとおりだった。今朝、白河を出る前に東の対に行き、几帳越しに挨拶したところ、こんなところに隠れた美人をどうやって見つけたのかだの、どのくらいの付き合いなのかだの、女御が興味津々に訊いてきて、松虫という女房がたしなめてくれなければ、洗いざらいしゃべらなくてはならないような勢いだったのだ。

帝は笑いながら文をたたんで、懐に大事そうに押しこんだ。

「あれは、珍しいことや面白いことが好きなんだ。初めて会う者にも物怖《ものお》じしないし、変わった話も聞きたがる。もしも内裏に鬼や物の怪が出たとでも聞けば、怖い怖いと言いながら、真っ先に見に行くだろうな」

「……それを先に聞いておけばよかったですよ……」

女御になるような女人なら、自分の姉のように屋敷の奥でひっそりと育てられた、おとなしい姫君なのだろうという、勝手な想像はものの見事に粉砕された。

もっとも、そういう姫君なら、ひょっとして白河の鬼姫の話を聞いても、世間のようには恐ろしがらずにいてくれるかもしれない。それは桜姫にとって、いいことだ。

……あれなら、大丈夫かもな。

何しろ桜姫のことは、気に入った様子である。おまえの恋人は美人だ美人だと言われて、危うくそのとおりだと自慢しそうになった。

「それで、雅遠。……登花殿は、いつ戻ってこられそうかな」

帝は少し不安げな表情で、目線を落とす。どこからか、猫の鳴き声が聞こえた。

「あれは、どこに行ってもその場を楽しもうとする。だから、それほど心配はしていないのだが……」

むしろ私が、登花殿がいないと寂しいと、帝がつぶやく。

「今日、例の宣旨《せんじ》を検非違使庁に出します。それから、付け火の下手人についても。解決に、そう時間はかけないつもりです」

「……任せたぞ」

雅遠は帝の前で手をつき、頭を下げた。

その日、朝一番に、帝から検非違使庁へ命令が下された。付け火の一件による心労で、登花殿の女御が里に戻っている。ついてはこれ以上不穏なことがないよう、女御の宿下がりのあいだ、検非違使庁が責任を持って前の右大臣邸を警固すべし——というものである。

検非違使別当である藤原吉親は、すぐさま配下の者たちを遣わし、自身もたびたび六条に足を運ぶほど、念入りに屋敷を守っていたが、検非違使らがもたらす噂によれば、登花殿の女御は里に着いてからずっと、病に臥《ふ》せっているということであった。

「——まぁ、この子たちはずいぶん勇ましい顔をしているのね。男の子？　女の子？　あら、どっちも男の子ね。さっきから全然鳴かないわ。おとなしいのね。よしよし」

登花殿の女御は、白河の別邸で、朝からとても元気だった。

雅遠を送り出してから挨拶に行くと、屋敷の中が見たいと言って、寝殿から下屋のほうまで、あちこち歩きまわった。朝餉《あさげ》を出すと、美味しい美味しいと粥をおかわりし、詞子のぶんまで唐菓子をたいらげた。それから昼寝中の瑠璃と玻璃を見つけて、猫と遊びたいと言い出し、いま、二匹の頭をぐしゃぐしゃに撫でまわしているところである。

大事なお客様だから、決して引っ掻いたりせず、行儀よくするようにと言い含めたため、瑠璃も玻璃も黙って、されるがままになっているが、瑠璃は露骨に嫌そうな顔をし、玻璃はもはや、諦め顔をしていた。松虫がいれば止めてもらえたかもしれないが、あいにく松虫は、淡路や葛葉と一緒に下屋にいる。

「わたしも登花殿で飼っているのよ。女の子ばかり三匹。いま主上にお預けしているの。一緒に連れてくればよかったわ。——あら、いってしまうの？」

とうとう瑠璃が、ひと声唸って女御のもとから駆け出し、詞子の背後に隠れてしまった。玻璃のほうは、まだじっと耐えている。

「でも、あなたもおとなしいわね。田舎というわけでもないけれど、こんなに寂しいところに住まわされて、不満はないの？　二条に大きな屋敷があるのでしょう？」

「寂しいところですが、二条にいるより気が楽です。不満はありません」

詞子が微笑んでそう答えると、女御はようやく玻璃で遊ぶのをやめて、振り返った。その隙に、玻璃はそろそろと女御から離れていく。

「……ねぇ、訊いてもいいかしら」

「はい？」

「白河の鬼姫って、あなたのことよね？」

「……」

詞子は、とっさに後ずさろうとしていた。それを見て、女御が慌てて手を振る。

「あ、訊いたらいけなかったのね？　ごめんなさい、松虫にも止められていたのよ。世話になるのに、失礼なことは尋ねるものではないって。でも、やっぱり訊いてみたくて……」

「……雅遠様から、お聞きになったのですか」

「あなたの恋人？　いいえ、後の蔵人はそんなこと言わないわ。わたしが以前に、噂で聞いたことがあったのを思い出したのよ。わたし、珍しい話を聞くのが好きなの。だから、よく女房たちに、面白い話を聞いたら教えてって頼んでいるの」

「……そう……ですか」

女御は、知っていた――

詞子は目を逸らし、我知らず袿の胸元を、きつく押さえていた。去りかけた玻璃が、こちらを気遣うように立ち止まっている。

「あなただったのね。鬼に憑かれた二条中納言の大君って」

「……申し訳ございません」

「あら、どうして謝るの?」

「本当でしたら、先にお話しすべきことでしたが、お聞きになれば、さぞ気味が悪いとお思いになるかと……」

「呪われているから?」

衣擦れが聞こえたかと思うと、女御が畳から下りて、詞子のすぐ目の前に座った。

「わたしも呪われているのよ。誰が呪っているのか知らないけれど、世の中には、わたしが邪魔だという者が、大勢いるから。でも、わたしは内裏からも、里からも追い出されてはいないわ」

「……」

目を上げると、女御は萩《はぎ》の花が描かれた檜扇《ひおうぎ》をひらひらさせて、不思議そうに詞子を眺めている。

「わたくしの呪いは……禊《みそぎ》も効かず、関わる者すべてに災いを及ぼすと言われております」

「あら怖い」

「ですから、誰もわたくしに近づこうとはいたしません。……親でさえも」

「でも、後の蔵人は近づいてきたのね?」

「あのひとは、わたくしの呪いを信じようとはしませんでした」

あれほど止めたのに。

あれほど自分と関わるなと、強く強く言ったのに。

「……愚かなひとです」

詞子は、憐れみの笑みを浮かべていた。

「ただでさえ、右府様と近しい中納言の娘……母もなく、頼みとするものもなく、そのうえ呪われた鬼と疎まれているわたくしに、情けをかけた、愚かなひとです」

「……」

「ですが、わたくしには唯一の方です」

遠慮知らずで、軽はずみで――やさしくて、あたたかい。

目を伏せ、詞子は床に手をついた。

「このような呪われた身で、女御様をお預かりすることなどできませんと、お断りすべきでしたが、いつも助けられてばかりで、このようなときでもなければ、お役にも立てません。……お許しくださいませ。わたくしは、あのひとの頼みに負けました」

しばらく、沈黙が続いた。女御と顔を合わせているあいだで、最も長い沈黙だった。

やがて女御が、ふふっと笑った。

「好きな人に頼み事をされると、断りづらいのよね」

「……」

「でも、後の蔵人のことは、わたしが今度叱っておくわ。主上に内緒で、よくも大変なところへわたしを連れていったわね、って」

思わず顔を上げると、女御が扇から、さも愉快そうな表情を覗かせている。

「おかげでますます楽しくなってきたわ。噂のもとをこの目で確かめられるなんて、なかなかできることではないもの」

「……あの、女御様……？」

何をどう返事をすればいいものか、困って首を傾げると、女御は微笑したまま、身を引いて立ち上がった。

「……災いって、何かしらね」

言いながら、女御は西側の廂のほうへと歩いていき、そこに腰を下ろして、御簾越しに庭を見まわした。目の前には、葉の色が赤茶けた枝垂れ桜がある。

「わたし、十九で女御として入内したの。いまから六年前よ。主上は五つも年下で、そのときは十四歳。……これからどうなるのか、さすがにあのときは、楽しみより不安のほうが大きかったわ」

女御は庭へ目を向けたまま、扇を閉じた。

「でも、主上はおやさしかったから、そのうち楽しいばかりになったわ。……一年のあいだだけはね」

「……たしか、お父上様が……」

「そう、あっというまだったわ。お父様と一緒に、わたしは右大臣の姫という威光まで失ったの。お兄様は、お父様の残されたものを守るには、若かったし気が弱すぎた。一年もしないうちに、梅壺、麗景殿、宣耀殿に女御が入ってきたわ。みんな主上より年が上だったけれど、それでもわたしより、少しは若いのよ。そのうえ、今度藤壺に入った女御なんて十四よ？　わたしと十以上も離れているのよ」

転がり出るように、女御の口から言葉があふれていた。目は庭をしっかと見据え、いや、庭のほうへと向けながら、庭ではない、何かを見据えて。

「惨めなものよ。次から次へと新しい女御が来て、以前は毎日お逢いできた主上には滅多に逢えなくなって、外からわたしを訪ねてくる者もいなくなって、前からいたわたしには子がないのに、梅壺と麗景殿には子ができて、何かの行事で皆が集まれば、他所《よそ》の女房からは、登花殿にはまだ誰か居ついているのかと笑われて――」

「……」

「わたしこそ、呪われているのかと思ったわ。……本当に」

かすれた声でつぶやいて、女御は、ふっと目を閉じた。少しの間、何かを思い出すようにそうしてから、女御は目を開け、詞子を振り返る。

「でもね、わたし、根が負けず嫌いなのよ」

「……」

「まだ居るのかと言われたら、意地でも出ていかないわ。……主上にもそう申し上げたら、驚かれてしまって。出ていかれたら困る、わたしが御所を去るなら退位する、なんて言い出されるのだもの」

穏やかさの戻った女御の表情に、詞子も顔をほころばせた。

「……帝は、女御様をとても大切にしておいでなのですね」

「わたしが思っていた以上に、そうだったみたい。それはわたしのほうが、驚いたわ」

女御が扇を広げ、声を立てて笑う。

「それまでは、わたし、まるでこの世の中で、一番不幸せになってしまったつもりだったのよ。……でも、主上だけは変わっていなかったわ」

いつのまにか、瑠璃と玻璃が少し離れたところに座り、女御を見上げていた。さっきよりは、身構えていない様子である。

「あのころに比べたら、ずいぶん不幸せよ。惨めだし、つまらないことばかりだし。そのうえ、何の後ろ盾もないわたしを、まだ追い出そうとする者までいるのだもの。……不幸せだけれど、そうならなければ、主上にそれほど大切に思われていたなんて、わからないままだったでしょうね」

「……」

「それだけは幸せよ。だから、いまは一番不幸せというわけではないわ」

笑う女御に、詞子も笑みを返した。

右大臣の娘として、ずっと大切にされてきたのだろう。だからこそ、失ったものも大きく、余計に寂しく思えたのかもしれない。

「……世の中は、なかなか己の思うとおりには、いかないものでございますね」

「本当にね」

女御はおどけたように苦笑して、腰を上げ、廂から部屋の中へ戻る。

「――ねぇ、あなた囲碁はできる？　ここにあるかしら。あれば、あなたと勝負したいわ」

「ございます。いまお持ちしますので、しばらくお待ちくださいませ」

「ええ。そのあいだ、わたし猫と――あら、猫たちは？　どこにいったのかしら」

「……さぁ……どこでしょう……」

いち早く危険を察知した二匹が、女御の背後にある衝立《ついたて》の裏に逃げこんだのは見えていたが、詞子は知らぬふりをしてやって、碁盤を取りに立ち上がった。

＊＊　　＊＊　　＊＊

登花殿の女御が宿下がりをして、二日が経った。聞こえてくる噂は——主に、屋敷の警固をしている検非違使たちからの情報だが、女御の容態は思わしくなく、ときおり物の怪が憑くことまであるという。

「……で、本当のところはどうなんだ？」

「えらく元気ですよ。むしろ、もうちょっとおとなしくしててもらいたいもんです」

「何かなさっておいでなんですか」

蔵人町屋の一室で、雅遠は真浄、夏景、惟元とともに、松の実に手を伸ばしていた。小腹が空《す》いたと言って、真浄が懐紙に包んで隠し持っていたものを、皆でこっそり摘まんでいるのである。

「まぁ、やってることは囲碁とか双六とか、その程度なんですがね」

「……そのくらいは普通だろう」

夏景が松の実をひと粒、拾い上げた。太い指で小さな実をちまちまと摘まんでいる様子は、窮屈そうで、何となく滑稽である。

「相手をしてるのが、俺の恋人なんですよ。訪ねていっても、あっちをほっとくわけにいかないって、なかなか俺のところに顔を出さない。……寂しいですよー、あれは」

「自業自得だろう。おぬしが自分の女のところなんぞで、預かるからだ」

真浄が実を噛《か》み砕きながら、歯を見せて笑った。

この三人に、女御の行き先は言っていない。ただ、自分の恋人の家に預けている、とだけは伝えた。恋人との仲を世間に知られると面倒だから、それ以上のことは訊かないでくれと、拝むようにして頼んだら、渋々ながら納得してくれたのだ。

「……しかし、雅遠に任せて、そううまく隠せるものかと思ったが、いまのところ気づかれてはいないようだな」

「気づかれたら俺が困るんだからな」

雅遠は遠慮なく、松の実を数粒いっぺんに口に放りこんで、真浄ににらまれる。惟元が笑いながら、あたりを見まわした。

閉め切って密談をしていたらかえって怪しまれるので、部屋の戸は開け放してあるが、小舎人や雑色なども近くにはいないようで、しばらく誰も通っていない。

「……ところで、夏景どのは、いつのまに雅遠どのを呼び捨てにするようになったので?」

「この男があまりに無茶ばかりやるから、上位だからといって敬うのが馬鹿らしくなった」

「おお、それはたしかに馬鹿らしい。——こら若造、遠慮して食え」

「こんなのを隠し持ってて、よく言いますよ」

寄越せ寄越さぬと、子供のような喧嘩をしている雅遠と真浄に、夏景が、このとおりだと呆れ顔をし、惟元も苦笑する。

「雅遠どのは、気にしないのですか」

「あ？　呼び方なんか、別にどうでも。夏景どののほうが年上――」

雅遠が、真浄の松の実を追いかける手を止めた。三人も、ほぼ同時に顔を上げる。

「……いま、妙な声がしなかったか」

「悲鳴のようでしたねぇ」

「悲鳴だ」

「ああ、悲鳴だったな」

様子をうかがおうと、雅遠が立ち上がりかけたところに、またどこからか、男の叫び声が聞こえた。痛い、痛いと言っているように聞こえる。

ただならぬ気配に、雅遠は外に出ようとしたが、夏景がその袖を掴んだ。

「行くな」

「何でだ？」

「察しはつくからな。行けば巻きこまれる。ろくなことはないぞ、若造」

真浄が松の実を包んだ紙を懐に押しこんで、悲鳴の聞こえてくる外のほうに背を向けた。惟元も、黙って首を横に振る。

「……どういうことだ？」

「おぬしは、まだ見たことがなかったか。大方、小舎人か雑色の誰ぞが、頭中将か頭《とうの》弁《べん》あたりに殴られてるんだろう」

「殴っ……!?」

「よくあることなんですよ」

惟元が、ひと粒、手に持っていた松の実に、目を落とした。

「下の者が何か粗相をする。それに腹を立てた上の者が、時に手を上げる。……いまの頭中将や頭弁は、特に気短ですからね」

「……」

頭中将の藤原善勝は右大臣の息子。頭弁も、たしか善勝の取り巻きの一人だ。

悲鳴は、まだ続いている。

「誰も……止めないのか」

「誰が止められる?」

夏景が、冷ややかに、それだけ言った。相手は、四位の公達。

「……」

一歩踏み出そうとした雅遠の袖を、夏景はまだ放していなかった。

「やめておけ」

「見てくるだけだ。本当にそうなのかを」

「見るだけで済むのか」

「さぁな」

引ったくるようにして袖を取り返し、雅遠は部屋の外に出た。馬鹿者が——と、真浄がつぶやくのが背中に聞こえた。

悲鳴は、許しを請う泣き声になっていた。声の聞こえるほうへ歩いていくと、藤原善勝が使っている部屋の前に、小舎人が数人、立っている。

「どうかしたか？」

「……あ」

振り向いた小舎人たちは、皆、顔を引きつらせていた。しかし、その中の一人が、震えた声で、何も、と言う。

「何も……ございません」

「何もないわけがないだろ。この声は尋常じゃない。せめて、誰が何をして、どうなったのかぐらい、教えてくれないか」

「……」

泣き声とともに、部屋の中からは罵声が聞こえた。何を言ったのかはよくわからなかったが、その声は——

「頭中将か」

小舎人たちが、青ざめた顔を気まずそうに見合わせる。

「……池井《いけい》が……」

「小舎人の池井か」

「月奏文を一枚、破損したようで……そのため、作成し直すことになり……」

「主上に奏上する分か？」

「いえ、出納《すいとう》に渡すものですが、一度は頭中将の署をいただいた文ですので、それを破くとは何事かと……」

「……」

それを聞けば、さっき聞き取れなかった罵声は、二度手間をかけさせて——とか何とか、言っていたように思える。

「たかが署のひとつだろう。そんなに怒ることとか？」

「いえ、その、頭中将は、ときどきこのような……虫の居所が悪かったのだと……」

つまり、機嫌が悪かったので、失敗にかこつけて小舎人を殴りつけているということだ。しかしここには、四位の公達を止められる者はいない。

許しを請う声は、次第に弱々しくなっていた。だが、鈍い嫌な音と、罵声は続いている。

「……」

　雅遠は懐に差し入れていた檜扇を抜き取ると、小舎人たちのあいだを縫って、前に出ようとした。

「よもやおいさめするおつもりですか」

　一番年長の小舎人が、雅遠を押し止《とど》め、早口に告げる。

「そのようなことをなさっても、貴殿の得にはなりませぬぞ。池井の親は右大臣家の下家司《しもけいし》をしております。あやつにしてみれば、言わば主に手打ちにされているようなもの。左大臣家の貴殿が、わざわざ口出しされることではござりませぬ」

「……そうかもな」

　雅遠は、必死の形相の小舎人の肩を叩いた。

　またあなた様は、無茶なことをなさって……と、苦笑まじりの可愛らしい声が聞こえてきたようで、雅遠はほんの一瞬だけ、口の端に笑みを浮かべる。

「誰か水を汲《く》んできておいてくれ。それと布も。打ち身は冷やすといいそうだ」

　抑えた低い声で淡々と言い、雅遠は部屋に入った。

　視界に入ってきたのは、冠を剝ぎ取られ、顔を腫らして床に倒れた小舎人と、いままさにその腹を踏みつけようと、足を振り上げた藤原善勝の姿。

　ぱしり、と、乾いた音が響く。

「……」

善勝の足を、雅遠が扇一本で止めていた。

信じられないものを見たように、善勝の吊り上がった目が、雅遠に向けられている。

「……もう充分でしょう」

静かに言って、雅遠が扇で善勝の足裏を弾《はじ》くと、片足立ちになっていた善勝は、よろけて数歩、後ろに下がった。

「なっ……んだ、きさま——」

「騒がしかったので、様子を見にきただけです」

「何のつもりだ!!」

まだ若い小舎人の顔は、赤く腫れ上がり、鼻から血を出していた。髻《もとどり》を掴まれたのか、髪はほつれ、腹を押さえて丸くなっているところを見ると、すでに体もだいぶ殴られているようだ。

雅遠は、虚《うつ》ろな表情の池井に目でうなずいて、傍らに膝をつき、黙って冠を被せてやった。

「聞こえないのか！　何のつもりだ！」

「……別に、何も」

ゆっくりと立ち上がり、善勝を振り返る。

自分より上背のある者は、そう多くはない。大抵の相手は、見下ろせる。

「これ以上は、この者の命にかかわる。……そう思っただけですが、それが、どうかしましたか」

逆に問いかけながら、威圧するように、一歩前へ出る。

善勝は、一瞬たじろぎ、視線をさまよわせたが、すぐににらみ返してきた。

「こ……こやつは、とんでもない不始末をしでかした！　余計な口出しするな!!」

「そうですか」

床には、真ん中が少し破れた月奏文が一枚、落ちている。雅遠はそれを拾い上げて、戸口のところに半分隠れて様子をうかがっている他の小舎人らに、声をかけた。

「これと同じものを作ってくれないか。出来上がったら、頭中将に署をいただけば、出納にまわせるだろ。……それだけのことだ。すぐにできる」

「非蔵人ふぜいが勝手な真似をするな!!」

「これは失礼。では、あらためて頭中将から彼らに指示を」

雅遠が破れた文を差し出したが、善勝は月奏文には見向きもせず、忌々しげに舌打ちし、怒りで真っ赤になった顔で、ひたすら雅遠をにらみつけていた。

雅遠は臆することなく、冷めた表情で憤怒の視線を受け止める。

「……覚えていろ」

しばらくのにらみ合いの末、それだけ言い捨てて、善勝は踵を返し、足音荒く部屋を出ていった。

善勝が遠ざかったのを見計らって、小舎人たちが駆け寄ってくる。

「池井、大丈夫か？」

「ああ、血が……」

「待て。急に動かさないほうがいい。しばらくこのまま休ませるんだ」

池井を仰向けに寝かせ、皆で介抱していると、惟元と真浄が様子を見に来た。ぐったりしている池井を見て、惟元が顔をしかめ、真浄は自分の扇で雅遠の脇腹を小突く。

「やりよったな。後でどうなっても知らんぞ」

「どうもこうも……俺はもともと、頭中将にとっては敵方でしょう。何もしなくたって嫌われてるんですから、この程度で何の違いもありませんよ」

「それは甘いですよ……」

ああ酷《ひど》いと言いながら、池井の怪我の具合を見ていた惟元が、雅遠を振り返った。

「ひとまずここは我々に任せて、雅遠どのは夏景どのと一緒に行ってください」

「あ？」

「例のことです。――戻ってきたようなので」

「……ああ、来たか」

後は頼むと言って、雅遠は急いで部屋を出た。簀子の端で、夏景が待っている。

「ちょうどいま知らせが来た。交代で戻ったらしい」

「検非違使庁か」

「いや、建春門《けんしゅんもん》の詰め所だ」

「別当は？」

「入れ違いに六条だ」

「……そりゃ都合がいい」

雅遠と夏景は揃って蔵人所を出て、内裏の東側にある建春門へ向かう。

今日は曇っていた。風もあり、着ている袍の袖や下襲《したがさね》の裾があおられて、ばたばたと音を立てる。

建春門にある検非違使の陣は、巡回の交代時間らしかった。門外に出ていく者たちを見送って、雅遠は、武具を下ろして休もうとしていた武官に声をかける。

「すまないが、坂上継長を呼んでくれ」

「大尉ですか？」

雅遠と夏景が、外の築地塀の陰に立って待つと、ほどなく緑の袍の、年は三十ほどと見える、小柄な武官が出てきた。

「誰だ、おれを呼んでいるというのは……」

「——俺だ」

小柄な武官は、長身の、しかも一人は深緋の袍、一人はいかつい顔の二人組に、いきなり見下ろされて、ぎょっとした顔で後ずさった。

「蔵人所の大江夏景だ」

「同じく、源雅遠だ。右衛門大尉兼検非違使大尉、坂上継長だな」

「そ、そうだが、何か用か」

「坂上継長、これに見覚えはあるか？」

雅遠は懐から、三寸四方ほどの紙片を取り出した。

「……」

紙の縁は黒く焦げ、油染みのようなものも付着しているが、そこに文字が書かれているのがわかる。……それも、かなりの悪筆の。

「あんまりうまくはないよな。癖もある。俺たちは蔵人だから、大勢の書いたものを目にする機会があるが、こういう特徴のある手跡は、他に見たことがない」

「……」

「おまえの手跡だろ。坂上継長」

継長は、紙片をじっと見つめたまま、微動だにしなかった。ただ、顔色だけが、みるみる白くなっていく。

「つい最近もこの手跡を見た。衛府の月奏をやっててな。継長と綱長を、よく見間違えるんだそうだ。兄弟で似た名前だが、手跡を見れば、区別がつきそうだな」

「……」

「これがどこで見つかったか、知りたくないか？」

継長は固まったまま、視線だけを、紙片から雅遠の顔に移した。

「登花殿の西廂。……火事の跡だ」

微かに、継長の喉から引きつった音がした。

雅遠は継長を見下ろしながら、ごく落ち着いて話を続ける。

「あの火事は付け火だった。おそらく床下に油を撒き、反故《ほご》に火を点けたんだろう。下手人は全部燃やすつもりだったんだろうが、早く火を消せたために、燃え残りが出た。それが、この紙切れだ」

「……」

「後宮に火を放つなど、誰が考えても重罪だ。その重罪の下手人は、付け火におまえの手跡の文を使っている。心当たりがあれば、教えてくれ。これは誰に送った文だ？この部分だけでは、俺たちには何のことかわからんが、書いたおまえになら、内容がわかるだろう」

継長は、ぎこちない動きで、首を横に振った。

「し……知ら、ない」

「知らない？　おまえの手跡だろ？」

「知らない……」

「それじゃあ返事になってない」

弱々しい声で、継長は知らない知らないと繰り返すばかりである。逆に、何か知っていると白状しているようなものだ。

夏景が腕を組み、大きく鼻息を吐き出した。

「——話にならない。連れていく」

「町屋にか？」

「拘束しておける場所ぐらいはある。立ち話より、じっくり話を聞けるだろう」

「それもそうだな」

うなずいて、雅遠が継長の腕を掴むと、継長は池の魚のように口をぱくぱくさせながら、なおも首を振る。

「おまえが何も言わないんじゃ、仕方ないな。一緒に来い。大丈夫だ。おまえが知ってることを、全部しゃべってくれさえすれば、俺たちだって、そんなに手荒な真似をすることもない。——なぁ？」

「そうだな」

大男二人ににらまれて、継長は震え出してしまった。衛門尉といえば、内裏を警衛する衛門府の判官《ほうがん》だが、これでは頼りないものだ。

「ほら、ちゃんと歩け。行くぞ」

「お、弟……に」

「あ？」

「弟に……綱長に、やった、文だ」

「いつ送った？」

「たしか……二十日ほど前……」

「……」

「あ、あとは、知らない。……本当だ」

雅遠は、腕を放してやった。継長は力なく、地面に膝をつく。

「……綱長に確かめるぞ」

「ああ……」

「どんな内容の文だったんだ？」

「……」

蚊の鳴くような声で、継長は、忘れた、とだけ言った。

弟に宛てた文だと憶えているのなら、内容を忘れたとは思えないが、これ以上問い詰めたら、失神してしまいそうだ。雅遠が夏景を見ると、夏景も、黙ってうなずいた。

雅遠は屈んで継長の肩を叩き、小声で告げる。

「これは内々の調べだ。このことを誰かに言うのは、おまえのためにならんぞ」

「……あ、ああ……」

雅遠と夏景は、茫然自失《ぼうぜんじしつ》の継長をその場に残して、今度は弟の綱長の居所を尋ねようと、再び詰め所に顔を出したところへ、どこかの巡回から戻ってきたと思われる、数人の武官が、雅遠らの姿を見咎《みとが》めた。

「誰だ。何用だ」

「――あ」

その声に振り向いた雅遠は、思わず声を上げていた。

武官たちの先頭に、恐ろしく目つきの悪い検非違使が立っていた。

「どうした、雅遠」

「……あー」

検非違使のほうも、深緋の袍に一瞬たじろぎ、それから雅遠の顔を見て、目を見開いた。

三月ほど前、登花殿の女御の実家に押し入った盗賊を捕らえたさい、顔を合わせた検非違使だ。この検非違使が盗賊を引き取ろうとしたので、敦時に追い返してもらったのだが、目つきの悪さは、よく憶えている。

「左大臣家の……御子息、でしたな」

「よく憶えてたな」

「……ここに何の御用で」

「坂上綱長に用があるんだ」

「私ですが」

「あ？」

「私が坂上綱長です」

不機嫌そうに、目つきの悪い男が答えた。……さっきの気弱な兄とは、似ても似つかない。

「おまえが弟だったのか……」

「ですから、何ですか」

「いや、ちょっと訊きたいんだが、おまえ、二十日ほど前に兄の継長から、文をもらっただろう」

「……」

綱長はますます目つきを鋭くさせ、ひと呼吸置いてから言った。

「覚えがございませぬ」

「ない？」

「兄とは同じ衛門府に属し、同じく検非違使も兼ねております。毎日のように顔を合わせますもので、しいて文のやり取りなど、必要もなきこと。何ももらってはおりませぬ」

「……」

燃え残りの紙片を見せようかとも思ったが、やめておいた。こちらはおそらく、余計なことはしゃべらないだろう。

「そうか。それなら継長の勘違いなんだろうな。……邪魔してすまない」

「兄が、何か？」

「別に何でもない。ちょっとしたことだ」

雅遠は、夏景を促して詰め所を離れた。背後に綱長の、強い視線を感じる。

「……いいのか？　引き下がって」

「弟より、兄のが崩しやすいと思わないか？」

「それは同感だ」

歩きながら、雅遠はわざと後ろを振り返った。まだこちらを見ていた綱長が、すぐに目を逸らす。

空が陰り、雲行きがあやしくなってきていた。

「失礼いたします。……姫様、雅遠様がおいでになりました」

東の対で、登花殿の女御の囲碁の相手をしていた詞子は、淡路を振り返ってうなずいた。

「わたくしが戻るまで、お願いね。お菓子でもお出しして」

「……はい。あの……わかりました」

淡路は何か言いかけたが、すぐに頭を下げて、出ていった。……何を言おうとしていたのかは、だいたい察しがつく。雅遠が待ちくたびれているというのだろう。雅遠が来てからしばらく経っているのは、愛馬の蹄の音でわかっているが、女御の相手を中断して、寝殿に戻るわけにもいかない。

女御はさっきから、白い碁石を手に、難しい顔で盤をにらんでいる。負けず嫌いだと言うだけあって、詞子相手にもどうにか勝とうとするようで、いつも対局には時間がかかるのだが。

……早く、勝ち筋があることに気づいてくださるといいけれど。

このままでは、半時くらい待たせてしまうかもしれないと思っていたところへ、廂で繕い物をしていた松虫が、立って奥へ入ってきた。

「姫様、もうお止《や》めなさいませ。続きは明日でもよろしいでしょう」

「途中で止めるのは嫌よ」

熟考の末に、ようやく女御が石を置く。詞子はすぐに、黒い石を打った。

「ですが、こちらの旦那様がおいでになっていると、いま淡路さんが言っていらしたではありませんか」

「ちょっと松虫、黙っていて。……ここで、こう……」

女御は、今度はあまり間を空けず、打ってくる。詞子は石を手に、少し考えるふりをしてから、石を置いた。

「あら、それでいいの？」

「はい」

「じゃあ、わたしの勝ちよ。――ほら」

ぱちりと音高く白い石を置いて、女御が晴れやかに笑う。

「……まぁ、どこで打ち損じたのでしょう。わたくしの負けですね」

「あなたって、弱くないのに、ときどき簡単な間違いをするわね。それがなければ、もっと強いでしょうに」

「――はいはい、それではちょうどよいところで、もうおしまいにいたしましょう」

松虫があっというまに盤上の石を崩して片付け始め、詞子に目で合図した。

「あ……では、そろそろ夕餉を運ばせましょうか」

「あら、少し早くない？」

「今日は栗粥を作らせておりますが……」

「本当？　それなら早くてもいいわ」

「すぐに御用意いたします。では、わたくしはこれにて……」

詞子は急いでいるようには見えないように丁寧に頭を下げ、しかし素早く、部屋を出た。松虫に女御の好物を訊いておいて、当たりだったようだ。

このさい行儀の良《よ》し悪《あ》しは考えず、裾がからげないように袴を少し持ち上げて、詞子は渡殿を小走りに、寝殿へと戻った。日暮れが近いからというより、ひと雨きそうな様子で、部屋は陰っている。

雅遠は、廂で庭のほうに向いて、手枕で寝転がっていた。

「囲碁は勝ったのか？」

近づくと、詞子が声をかける前に、いかにも待ちくたびれたといった口調で、しかし振り返りもせず、雅遠が言う。

「負けてきました」

「負けてきた？」

「はい」

詞子は雅遠の後ろに腰を下ろし、首を傾げるようにして、雅遠の顔を覗きこんだ。

「……雅遠様の馬が通る音が聞こえましたので、早く終わるように、わざと負けてきましたが、それでも、思ったより時間がかかってしまいました」

つまらなそうな顔をしていた雅遠が、目を上げて、詞子を見る。

「そんなことされたら、遅いって文句も言えない」

「ええ。言わないでくださいい」

詞子が微笑むと、雅遠も破顔して、ようやく起き上がった。

「……おいでなさいませ」

「うん」

「雨は大丈夫でしたか?」

「これから降りそうだな。降っても今日は泊まれるから、平気だろ」

「では、夕餉を――」

用意しましょうかと言いかけて、遮られるように、雅遠の胸に抱きこまれる。

「雅遠様……?」

「……」

雅遠は詞子を腕の中に収めたまま、じっと黙っていた。深く、ゆっくりと呼吸を繰り返すのが聞こえる。

ここ数日、雅遠は詞子を側から離したがらなかった。

一緒にいたがるのも、一緒にいれば触れてくるのもいつものことだが、話をするとか、何かして遊ぶとかいうより、こうして何も言わず、ただひたすらに詞子を抱きしめている時間が多いのだ。

初めは、詞子が女御の相手を優先するので、拗ねているのかと思ったが、違うような気もしてきた。……疲れているのか、それとも何か心配事でもあるのか。

首を少し仰のかせると、目を閉じている雅遠の眉間に、うっすらと皺が刻まれているのが見えた。

「……難しい顔をしておいでですね」

「うん……？」

目を開け、詞子を見下ろしたときには、雅遠は、もうやさしい表情になっている。

「そんなふうに見えたか？」

「はい。……何か、考え事でございましたか？」

「んー……」

雅遠はようやく、痛いほどに抱きしめていた腕の力を、わずかに緩めた。

「そうだな。考えなくちゃならんことは山ほどあるんだが、外は何かとやかましいからな。ここにいるときが、一番落ち着いて考え事ができる。……せっかくここにいるのに、考え事で時間を潰すのも、もったいないんだが……」

「考え事というのは、その……女御様のこと、ですか？」

「というより、登花殿の付け火のことだな」

雅遠は、詞子の肩にかかった髪を指に絡めながら、低い声で、話し始める。

「……最初におかしいと思ったのは、例の、盗賊の件だ。あえて検非違使に下ったはずの盗賊が殺され、その仲間は野放しのまま。普通は逆だ。自ら罪を認めれば、後で赦免されることもある。ねぐらを密告された盗賊は、捕らえられるはず……」

「ですが、捕らえられなかった盗賊が、雅遠様のお屋敷や、女御様のお里に押し入って……」

「そうだ。二条中納言の家にもな。つまり、右大臣派だろうが左大臣派だろうが、そんなことは関係なく、金のありそうなところを襲った……ように、見せていた」

「……え？」

見せていた、という言い方は。

「本当は、そうではなかったのですか？」

「金品を盗む目的もあっただろう。盗賊だからな。けど、女御の実家に押し入ったときだけは、どうやら様子が違ったらしい。人を、それも女を捜していたようだったと」

「……まさか」

「女御を捜していたとすれば、何故盗賊がそんなことをする必要があったのか、ってことだよな。それで考えたんだが、盗賊は、おそらく以前から検非違使と通じていたんだ。盗みの罪を見逃してもらう代わりに、検非違使から頼まれて、女御に何か危害を加えようとした。……それも、女御だけを狙っていると覚《さと》られないように、わざわざ他の金持ちの家を、あらかじめ狙っておいて」

「そんな――」

検非違使と盗賊は、捕らえる側と捕らえられる側である。結託することなど、あり得るのだろうか。

詞子が雅遠の衣の胸元を摑むと、雅遠は詞子の肩を、軽く叩いた。

「いくら何でも、検非違使の皆が皆、盗賊と通じてるってわけじゃないだろうがな。……ただ、検非違使の面々の中には、罪人が刑に服した後で、今度は検非違使に下部《しもべ》として仕える、放免という輩もいる。そういう連中は、もとは罪人だから、悪人どものことに詳しいんだ。そういう者もいることを思えば、検非違使が盗賊と通じていても、おかしくはない」

「……あの、ですが、それは、悪人を捕らえるための方法では……」

「そうなんだ。悪人を捕らえるために悪人を利用するならともかく、自分が悪事を働くために悪人を利用するんじゃ、どっちが悪人だか、わかったもんじゃない」

雅遠は眉根を寄せて、唇を尖らせる。

「盗賊の頭は、朱華や牛麻呂には、検非違使と通じてるってことを話してなかった。だからあんまり無茶ばっかりする仲間が恐ろしくなって、二人とも逃げたんだな」

「……でも、その盗賊は、このあいだ……」

「ああ。検非違使じゃなく、兵部省に捕まったのは、盗賊どもには誤算だったはずだ。兵部省とじゃ取引できない。牢からも出られなかった。その挙句、先に兵部省に捕まったもんで、そっちで余計なことをしゃべったんじゃないかって警戒した検非違使に、口を封じられたんだろう」

実際は、盗賊の口は堅く、何も話さなかったんだが――と、雅遠が言う。

何だか寒気がしてきそうで、詞子は雅遠の腕の中で、身を縮めた。

「……どうして、検非違使がそのようなことをしたのでしょう。女御様をお守りするのが、本当でしょうに」

「それも検非違使の皆が皆、登花殿の女御が邪魔だったわけじゃない。いまだって六条の屋敷は検非違使どもが警固してるが、ほとんどは真面目に、女御の実家を守ろうとしてるはずだ」

「それは、検非違使のうちの誰か一人が……ということですか？」

「たぶんな」

雅遠が、詞子を袖で包むようにして抱え直し、耳元に口を寄せ、さらに声を落として話を続ける。

「普通に考えて、検非違使の中でも、ある程度の地位にある者でもなけりゃ、そんな企てはしないだろ。……そう思ったら、怪しいやつが一人いた」

「どなたが……」

「参議兼右衛門督で検非違使別当の、藤原吉親。……右大臣の、弟だ」

「……まぁ」

別当とは、その役所の長官だったはずだ。それではある程度の地位どころか、検非違使の中で、最も地位の高い者ではないか。

「付け火のあった次の朝に、火事の跡に行ってみたんだ。そうしたら、そこで誰かの文を燃やした紙切れを見つけた。えらく汚い手跡で、それで見覚えがあったんだが、右衛門大尉の坂上継長が書いた文だったんだ。——ちなみに、衛門尉ってのは、だいたい検非違使尉《けびいしのじょう》も兼任する。継長も、検非違使大尉を兼ねてた」

「それでは、付け火をしたのは、その方の文を受け取った者……ということですか？」

「俺もそうかもしれないと思って、継長に尋ねた。やつはしどろもどろで、弟に宛てた文だと答えたんだが、その弟ってのが、これも検非違使少尉を兼任してる右衛門少尉の、坂上綱長なんだが、綱長のほうは、そんな文は受け取ってないって言う」

「……どちらかが、嘘をついているのでしょうか」

「だろうな」

雅遠の肩越しに見える、御簾に隔たった外は、だいぶ暗くなってきていた。

「どっちが嘘をついてるにせよ、どっちも胡散臭《うさんくさ》いからな。調べてみたら、坂上継長と綱長の兄弟は、二人とも以前から、ずいぶん藤原吉親と懇意にしてるらしい。主従みたいなもんだな。弟のほうなんか、顔を見たら、前に登花殿の女御の実家で盗賊を捕まえたとき、真っ先に駆けつけた検非違使の中にいたやつだったよ。……そういえば、あのときはやけに早く、検非違使どもが現れたな」

つまり、その坂上某《なにがし》という兄弟が、登花殿の付け火に何らかの係《かか》わりがあるため、その主とも言える、藤原吉親が怪しい——ということなのだろうか。

しかし、それだけでは、藤原吉親が盗賊を使ってまで、登花殿の女御を排斥しようとしているとは、言い切れないのではないだろうか。

「……何か、その、右衛門督様が怪しいという、証しのようなものは……」

「あー、それなんだよな。坂上の兄弟の様子とかを見てると、盗賊の件も付け火の件も、絶対関係ありそうなんだが、はっきりした証拠がない。しかも、目的が見えない」

「目的ですか……」

「坂上の兄弟は、ただの一介の武官だ。いくら調べても、前の右大臣家とは、何の関わりもない。けど、藤原吉親のほうは、少なくとも、二人の娘を入内させてる右大臣の弟だっていう、関わりはあるんだが――」

「でしたら、右衛門督様は、梅壺や藤壺の女御様のために、登花殿の女御様を……ということでは……？」

「いや、そうでもないみたいなんだ」

右大臣の弟が、後から入内した姪《めい》たちに帝の寵愛が向くように、登花殿の女御を追い落とそうとしているのかと、思ったのだが。

「藤原吉親は、右大臣とは腹違いの兄弟で、仲が悪いらしい。それで……」

少しの間、言葉が途切れた。

ややあって、雅遠がひと言ひと言確かめるように、話し出す。

「……実は、どういう魂胆か、藤原吉親は、このあいだ、父上に荘園を寄進して、左大臣と手を組みたいと、言ってきたそうだ」

「左府様と……」

雅遠の腕に、また力がこめられた。

「右大臣と仲が悪いから、左大臣に与《くみ》する気になった……っていうより、急にそんなことを言い出してきた、ってこと自体が、俺には、何か別の企みがあるように思えたんだが、父上のほうは、手を組むことに承知した。……俺は、反対したんだが」

「検非違使の件で、疑わしきことが、あると、左府様には――」

抱きしめる腕が強く、息苦しいほどで、あえぐように詞子が言葉を発すると、雅遠はふと顔を上げ、苦笑して腕の力を緩めた。

「すまん、きつかったか。……いや、父上には話してない。あの父上は、俺が余計なことに首を突っこんで、騒動を起こすのを何より嫌がるからな」

「それでは、手を組む……というのは、良くないのでは」

「だから、一応は反対したんだ。俺は父上の巻き添えで、早々に失脚するのは御免だからな。……せっかく桜姫のために、出世しようとしてるってときに」

言いながら、食《は》むように耳に口づけられて、くすぐったさに身じろぐ。それを面白がったのか、雅遠が何度も口づけてきて、とうとう詞子が抗《あらが》う素振りをすると、雅遠は笑って、ようやく悪戯《いたずら》を止めた。

「……ま、そういうわけだから、ここのところ藤原吉親と、坂上の兄弟の動きを探ってるんだ。ちょうど検非違使たちには、六条の警固をさせてるから、あっちは逆に、偽の女御の様子を探ってるようだし」

「……あ、それが……前に仰っていた、おびき出すという……」

「そういうことだ」

証拠がないなら、証拠になるようなことを、あえてさせるということだろうか。

「……無茶なことを……」

「言われると思った」

雅遠が、声を立てて短く笑い、すぐにまた、低くつぶやく。

「それでも、やらなくちゃいけないんだ。ここで何もしなければ、俺は間違いなく、父上の巻き添えになる。出世どころじゃない」

「……」

「父上は父上、俺は俺だ。俺は、俺の思うとおりにする。……そなたのことは、一生守ると決めたからな」

抱きしめられていて、表情は見えない。

ただ、声だけで。

熱い。

火のようなものに、触れてしまった、気がした。

「……」

詞子は、雅遠の胸をそっと手で押して、少しだけ体を離し、目を上げた。

怖いような眼差し。

「女御様が、仰っておいででした。入内の後に、お父上様を亡くされて、新しい女御様たちが次々に後宮に入られてから、この世で一番不幸せになってしまったと思ったと……」

「……そうか」

「そんなときに、帝の御寵愛の変わらぬことをお知りになって……いまも、御自身のお立場を嘆かれておいでではありましたが、それでも、一番不幸せとは思っておられないそうです」

息をすると、微かに、湿った匂いがする。雨が降り出したのだろうか。

「お話を伺って、考えました。……たしかに女御様は、以前よりお寂しいのでしょう。ですが、登花殿の女御様がどなたにも勝《まさ》って御寵愛が深いということは、それは他の女御様たちにとっては、やはりお寂しいことと存じます」

たとえ子を授かっても、一番に愛されているわけではない。それがわかってしまっているならば、それもまた、惨めと思う女御もいるだろう。

「……ほんの少し前まで、わたくしも、自分がこの世で一番不幸せだと……そのようなつもりでいた気がします」

消えない呪い。

鬼と呼ばれ、疎まれ——

「でも、それはわたくしの驕《おご》りでした」

「……驕り？」

「はい」

詞子は雅遠を見つめ、穏やかに微笑んだ。

「わたくしの側には、淡路と葛葉がおりました。瑠璃と玻璃も……。わたくしは、いつも、独りではありませんでした」

呪いの宿命を背負い、何もかもを失ったと思っていた。

そう、思いこんでいた。

「そのうえ、いまは、あなた様がいます。……わたくしを一生守るとまで仰ってくださる、あなた様が……」

雅遠は、次の言葉を待つように、詞子をじっと見つめ返している。

「世の人々がそれぞれに、不幸せなようで幸せなこともあり、幸せに見えても、その中に不幸せも抱えているならば……わたくしも、世の人々と、それほど違いはないのかもしれません」

呪われた身でなくとも、悲しみはある。

呪われた身であっても、喜びも楽しみもある。

どちらが幸せで、どちらが不幸せとは、ひと言で表すことなどできないのかもしれない。

「少なくとも、いまのわたくしは、幸せだと思います」

「……幸せか」

うなずき、手を伸ばして、詞子は雅遠の頬に触れた。

「幸せです。……不幸せな身の上ではありますけれど、それでも、雅遠様がいらして、わたくしは幸せです」

いずれ雅遠も、どこかの高貴な姫君と、正式に結婚する日がくる。そのときにはきっと、自分も嘆き悲しみ、呪われた己を、また恨めしく思うだろう。

だがそれで、雅遠の、火のようなこの想《おも》いが、偽りとなるわけではない。

……忘れてはいけない。

たとえこの先何があろうと、大切に想われていることは真実だと――

「桜姫」

雅遠が、こつりと、額に額をぶつけてきた。

「……そなた、本当に欲がないな」

「え……？」

「幸せだって言ってくれるのはいいけどな、これで充分だとか思ってないだろうな？」

「……」

吐息のかかるほど間近にある、雅遠の顔は、ふくれっつらのように見える。

「俺は満足してないぞ。そなたにこんな、世間に隠れるみたいな暮らしをさせたままでいるんだからな」

「雅遠様──」

「何より、俺はまだ、そなたに結婚を承知してもらってない」

「……」

とっさに顔を背けかけたが、雅遠は、すかさず詞子の顎を捕らえた。

「俺だって幸せだ。そなたがいるからな。──だが、俺はあいにく、そなたほど物わかりがよくないんだ。結婚もしてない、一緒に暮らせてもいないままじゃ、充分だとは思えない」

叱りつけられているのかというほどの強い口調に、詞子が思わず首をすくめると、雅遠は捕らえた詞子の顎を持ち上げ、仰のかせた顔に覆い被さってくる。

嚙みつくような口づけの後、雅遠は大きく息をついて、詞子の肩に額を預けた。

「なぁ。……もっと欲深になってくれ、桜姫。そなたが望んでくれれば、俺がみんなかなえてやるから」

「これ以上……ですか？」

「まだまだだろ。これぐらいで満足されたら、張り合いがない」

「……また、無茶なことを……」

「うん？」

頭を上げ、雅遠が詞子の顔を覗きこんでくる。

「あなた様は、いつかわたくしに、少しずつでいいから、自分のことを考えてくれと言いましたね。わたくしも、幸せになっていいのだと」

「……言ったっけな」

「ええ。わたくしはちゃんと聞きました」

詞子はわざと、雅遠がよくやる、子供じみた拗ねた表情を、真似てみせた。

「ですから、わたくし、ずいぶん自分のことを考えて、我儘《わがまま》にもなりましたし、幸せだとも思うようになりました」

「……そなたのどこが我儘なんだ」

「何事にも、ほどがございます。過ぎた欲を出して、良いことなどございませんでしょう。それなのに、もっと欲深になれなどと……雅遠様は、本当にいけない方です」

「……」

雅遠は、一瞬呆気《あっけ》に取られた顔をして、それから吹き出した。

「ははは……何だ、欲を出すのは駄目か」

「あたりまえです……」

「そうか。うん。そうだな、桜姫には、まだちょっと早かったか」

「早いとか、そういうことではありませんせん」

「……あのな、桜姫」

笑いを治めて、雅遠が、真面目な顔に笑みを浮かべた。

くるくると、見ていて飽きないほど、いつも、よく表情が変わる。

「俺はそなたと結婚したいし、いずれ承知してもらうつもりだ。それから、一緒に暮らしたい。ここに通うのもいいが、やっぱり四条に戻らなくちゃならないのは、つまらん」

「……」

「それもこれも、桜姫が好きだからだ。……好きだから、そなたと結婚して、一緒に暮らしたい。それは俺にとっては、欲でも何でもない。普通のことだ」

……普通のこと。

どこかぼんやりと、詞子は雅遠を見上げた。

「俺は桜姫としか結婚しない。……こう言ったら、我儘に聞こえるか？」

「……あなた様のお立場では、我儘でしょう」

「違う。それは俺の意志だ」

火が——

ちりりと、胸の奥を焦がす。

「俺の立場がどうだって、何人もと結婚しなきゃいけないわけじゃない。そなただけと結婚して、一緒に暮らす。それが、俺にとって普通のことだ。だから、そうするって決めた」

「……」

「俺が、そう決めたんだ」

肩からも、腕からも力が抜けて、詞子は、雅遠の胸に崩れた。閉じた瞼《まぶた》の裏までが熱い。

「……それを、無茶というんです……」

「いいから見てろ。やり遂げたら無茶じゃなくなるからな」

言わないでほしい。そんなに強く、はっきりと。……耳に残って、信じてしまいそうになる。

そうじゃない。信じたがっている。その言葉が、いつか真実になればいいと。

「桜姫――」

きっと雅遠の火に触れたせいで、火種が移ってしまったのだ。そうでなければ、こんなに胸の奥底が、熱くて痛いはずがない。

雅遠の腕に、掻き抱かれる。

微かに雨音が聞こえているのに、点《とも》った火は、いつまでも消えてはくれなかった。

＊＊　＊＊　＊＊

雅遠を送り出してから、詞子が寝殿の廂で瑠璃と玻璃に餌をやっていると、女御の身支度の手伝いに、東の対へ顔を出していた淡路と葛葉が、揃って戻ってきた。

「あちらのお世話は、もう済んだの？」

「はい。いまは、松虫さんがお相手を……」

「今日もお元気ですよ、あの女御様は。あれで後宮ではおとなしくされているなんて、信じられませんね」

「葛葉ったら……」

呆れた表情を隠さない葛葉に、詞子は苦笑する。淡路もおっとりと笑って、側に腰を下ろした。

「ですが後宮では、本当にお静かにしておいでだそうですよ。松虫さんも、女御様がこんなに明るくしていらっしゃるのは、何年ぶりかと言っておいででしたし……」

「……そう」

干魚を食べ終えた玻璃が、大きなあくびをして寝転がる。瑠璃はまだ食べ足りないのか、詞子を見上げて、しきりに喉を鳴らしていた。詞子はもうおしまい、と言って、瑠璃の背を撫でてやる。

葛葉も廂に座って、疲れたように、息をついた。

「あれほどにぎやかな方が、そこまで静かにされてるなんて、後宮というのは、どんなに恐ろしいところなんでしょうね」

「……後ろ盾を失くすというのは、それほどのことなんでしょう」

それは、詞子も同じことだが――

「いまの右府様と御縁があっても、後ろ盾にはなっていただけないのですねぇ……」

「御縁といっても、右大臣の弟の姪というくらいでは、身内に入らないんじゃないですか」

何げない淡路と葛葉の会話に、詞子は顔を上げる。

「……いま何て言ったの？」

「え？　ああ、ですから、登花殿の女御様は、右大臣の弟の姪なんだそうですよ。松虫さんに聞いたんですけど」

「……どういうこと？」

右大臣の弟。……昨日雅遠から聞いたばかりの言葉だ。

淡路と葛葉は顔を見合わせた。

「どう……と申されましても、そのままのことなのですが……」

「右大臣には、弟が二人いるそうなんですが、藤原何とかという、いま衛門督をしている弟の北《きた》の方《かた》と、女御様の母君が、姉妹なんだそうです」

「……右衛門督の、藤原、吉親様？」

「あ、そうです。そんなお名前でした」

「……」

これは、偶然だろうか。

雅遠の考えのとおりなら、藤原吉親は、姪を亡き者にしようとしている。

何のために——

「……姫様、どうかされましたか？」

詞子の様子の変化に、淡路は途惑いを浮かべ、葛葉も微かに眉をひそめた。

「他には？　他にそういった話は聞いたの？」

「そういった、とは……」

「右衛門督様に関わる話よ。何でもいいわ。他に聞いていたら教えて」

「え……と」

困惑しつつも、二人は空をにらんで、思い出そうとする。

「右大臣の弟の話より、その姫君の話を聞きましたよ」

「姫君？」

「ええ、そうでした。その藤原……吉親様ですか？　お二人、姫君がいらっしゃるそうで、女御様には従妹になる方々ですが……」

「北の方が姉妹なので、子供のころは、従妹《いとこ》の姫君たちと、同じ屋敷に暮らしていたそうです。女御様と母君は、後に前の右大臣邸に移られて、それからはお会いしていないらしいですけど」

「それで？」

雅遠は、藤原吉親が女御を排する目的が見えないと言っていた。登花殿の女御と藤原吉親に、叔父と姪の繋がりがあるなら、そこに何かがありはしないのだろうか。

「それで……ですか？」

「何でもいいの。右衛門督様のことは？」

「そちらの話は、なかったですね。女御様には叔父上ですが、付き合いはないようですし」

「ええ、従妹の姫君たちとは、同じ屋敷に暮らしていたころは、よく遊んだとは聞きましたが……。何でも、女御様とそっくりでいらしたとか」

「そっくり？」

「そっくりなんだそうですよ」

繰り返し、淡路がうなずいた。

「母君同士が、よく似ておいでの姉妹でいらしたのでしょうねぇ。女御様と従妹の姫君たちも、お顔立ちがとてもよく似ていらして、特にお年の近い上の姫君とは、一緒にいると、側付きの女房でさえ間違えたというほどだったとか……」

「もっとも性格は、従妹の姫君のほうが、だいぶおとなしかったようですけど」

性格まで似ていたら、余計にぎやかだったろうと、葛葉が冷めた口調で言う。

「……」

詞子はしばらく、考えこんだ。

叔父と姪。北の方が姉妹。そっくりの従妹。……雅遠の助けになる話が、含まれているのだろうか。

女御か松虫に、直接藤原吉親のことを問うてみれば——いや、雅遠でさえ確証が持てずにいるうちに、迂闊《うかつ》に尋ねるわけにもいくまい。それに、いま付き合いがなくとも、実の叔父に命を狙われているのかもしれないなどと、とても女御には話せない。

……それなら、雅遠様にお任せするしかないわ。

詞子は女房たちを、振り返った。

「淡路、朱華と筆丸を呼んで。——葛葉は、これからわたくしが言うことを、保名さん宛ての文として、紙に書いてちょうだい」

「雅遠様、雅遠様——」

蔵人所の納殿《おさめどの》で惟元の手伝いをしていた雅遠が、聞き慣れた声に振り向くと、大膳職《だいぜんしき》にいるはずの保名が、夏景に連れられ、その巨軀《きょく》の陰に隠れるようにして、部屋の中を覗いている。

「……何やってるんだ？」

「すみません、ちょっと、急ぎのお話が……」

「ああ、雅遠どのの乳兄弟どのでしたか。どうぞどうぞ」

惟元がにこやかに保名を招き入れ、夏景があたりを気にしている保名の背を押した。

「奥で話せ。見張ってるから」

「ど、どうも……」

妙に緊張した面持ちの保名を見て、雅遠は手近の書籍を片付ける。

「どうかしたのか」

「さっき、私が出仕しようとしましたら、筆丸がこれを……」

「筆丸？　四条に来たのか？」

雅遠は保名が懐から出した文を受け取りながら、首をひねった。

「あいつ、よく西の対の場所がわかったな」

「朱華が一緒でしたよ」

「……あー……」

元は盗賊の娘である。都の地理や金持ちの屋敷の場所に詳しくても、不思議はない。

桜姫からかと思って開いた文は、見たことのない手跡だった。

「……誰の手跡だ？」

「葛葉さんです」

惟元や夏景にも聞こえないように、姫君の指示で――と、保名がささやく。

……なるほどな。

万が一、文が紛失したり人手に渡ってしまったりしたときのことを考えて、宛名も書かず、代筆にしたのだ。

そもそも桜姫が、雅遠に文を寄越したことはない。普段それほど用心していて、しかも今朝白河を出てきたばかりだというのに、追いかけるようにして届けてきたということは。

「……」

短い文面に二度、目を走らせて、雅遠はすぐに、それを保名に返した。

「あの、私も読みましたが、これはどういうことなんですか？」

「……ちょっと待て」

女御の母君と別当の北の方は姉妹。別当の二人の娘のうち、上の娘は女御と瓜二《うりふた》つ。

文に記されているのは、それだけだ。しかし、ここでいう女御は、どう考えても登花殿の女御のことだし、別当というのは、昨日桜姫に話したばかりなのだから、検非違使別当、藤原吉親のこととみて間違いないだろう。

登花殿の女御の母親と、藤原吉親の妻は、姉妹だった。……つまり。

「女御は、藤原吉親の姪だったのか……」

「えっ」

保名が大きな声を上げ、慌てて口を押さえてあたりを見まわした。つられて、惟元と夏景がこちらを振り返る。

「姪、ですか？」

「登花殿の女御の母君と藤原吉親の北の方は、姉と妹らしい」

「……叔父と姪だったとは知らなかったな」

部屋の入口に立ってさりげなく周囲に気を配りながら、夏景がぼそりとつぶやいた。

惟元も手にしていた書籍を棚に戻し、首を傾げる。

「そういえば、聞いたことがありませんねぇ。吉親どの御自身が、あまり周りと親しくお付き合いをされない方のようですから、御家族のことも、人の口に上らないのかもしれませんが……」

「はぁ、この別当って、検非違使別当のことだったんですか……」

保名が見当違いのことに納得して、うなずきながら、文を懐の奥に押しこんだ。

「……」

雅遠は目を閉じて腕を組み、じっと考えていた。

父が命じたのは、吉親の娘との結婚だ。

……たしか、あのとき、二番目の娘とか言ってたよな？

それなら、自分と結婚させようとしている娘は、女御とは似ていないほうの、妹姫ということだ。しかし、桜姫はこの縁談を知らないはずだし、この文で触れられているのは、姉の姫君についてのこと。それと、吉親と女御が叔父と姪であること。

この話が本当なら、吉親の二人の娘は、女御には従妹にあたる。

女御と瓜二つの従妹。

「……」

雅遠は、大きく目を開き、勢いよく踵を返した。

「ど、どうしたんですかっ？」

「確かめてくる」

「へ？」

「保名、その文、落とすなよ。——それから、今日帰ったら、父上を足止めしておけ」

「と、殿を、ですか？」

「話をつけるんだ」

「……はぁ……」

困惑顔の保名を残し、呆気に取られている惟元と夏景の横をすり抜けて、雅遠は納殿を後にし、そのまま蔵人所から出た。

……何が縁談だ。やっぱり利用されてるだけだろ……!

昨夜の雨で湿った砂利を踏みながら、幾つかの門をくぐり、走るように兵部省へ向かう。兵部卿宮に話があると言うと、しばらくして中の一室に通され、すぐに敦時が現れた。

「やぁ。珍しいね、きみがここに顔を出すとは」

「すみません。急いで宮に訊きたいことがあったもんで」

敦時はいつもの優美な笑みを浮かべながら、雅遠が人払いを頼む前に、皆に下がるように告げてから、雅遠の前に落ち着いて腰を下ろす。

「──その様子だと、内緒話だろう?」

「さすが宮」

「訊きたいこととは?」

「女人のことなら、宮だと思いましてね」

敦時は少し目を見張り、それから扇で口元を隠して笑った。

「……それはひどい」

「でも、詳しいでしょう」

「きみよりはね」

「参議で右衛門督の、藤原吉親の娘を御存じですか。二人いるらしいんですが」

ひと呼吸の間を置いて、敦時はゆっくりと口を開く。

「……以前、通りすがりに琵琶《びわ》の音にひかれて垣間見た家が、右衛門督の屋敷だった。その場で歌を送ったが、返歌はなかったね。後で聞いた話では、そこの家は誰に対してもそうらしい。ずいぶん厳しく、文のやり取りも禁じていたとか……。右大臣の弟の家だから、私もそれ以上は何もしなかったよ」

少しでも興味を引いた女人は、律儀と言えるほど必ず、二度や三度は口説く敦時だが、相手の立場によっては、決して深追いしようとはしない。特に、雅遠と親しくしていることもあってか、右大臣派に寄る女人には、幾らか距離を置いているようだ。

「じゃあ、顔とか年とかは……」

「顔はもちろん見ていないよ。人伝《ひとづ》てに聞いた年は、私と同じぐらいだったかな。しかし、二人いたのは知らなかったから、どちらの姫君が私と近いのかまでは、わからないね」

「宮は、二十三歳でしたっけ」

それが姉妹のどちらにせよ、登花殿の女御と瓜二つというからには、年齢も近いはずだ。……そして、おそらく帝とも。

「ところで、その話、以前っていうのは、いつごろのことなんですか」

「去年……の、春だったかな。一年半ほど前だね」

「藤原吉親の娘が結婚してたかどうかとか、聞いてませんか」

「そのときは、おそらく結婚はしていなかっただろうね。男が通っているような様子もなかったよ。いまはどうなのか知らないが……」

敦時が、探るような視線を向けてくる。

「珍しいね。きみが女人の話を聞きたがるとは」

「右衛門督の娘と、結婚でもするのかな？」

「俺の出世がかかってるもんで」

「逆です。これから縁談を壊します」

優雅にひらめいていた扇の動きが、止まった。

「……穏やかではないね」

「妻は二人もいりませんから」

お邪魔しましたと頭を下げて、雅遠はすぐに兵部省から、内裏へと引き返した。

情報が、充分得られたというわけではない。だが、これで相手の出方を待つだけの状況は変わった。

……勝てるぞ、桜姫。

雅遠は行く道を見据え、足早に歩いた。内裏に戻り、昨日訪ねた建春門にある検非違使の陣へとまっすぐに向かう。

「――坂上継長はいるか？」

詰め所の入口からわざと大きな声で呼ぶと、中に残っていた検非違使らが、何事かと表に出てきた。それを押しのけ、いかにも慌てた様子で、奥からばたばたと小柄な男が現れる。

「いたな。ちょうどよかった」

「な……何の用だ」

「昨日の続きだ。弟は、おまえから文などもらっていないと言ってたぞ」

継長の顔は、すでに血の気を失っているようだった。

「その話は……」

「もう一度訊く。あれは誰に宛てた文だ？」

「ま、待て――」

周囲には、他の検非違使たちがいる。継長はおろおろとあたりをうかがい、誰にも何も尋ねられていないのに、何でもない何でもないと言いながら、震える足で靴《かのくつ》を踏むようにして履き、雅遠を外へ押し出した。

「ここでできない話なら、蔵人所へ来るか？　俺は別にどこで話してもいいんだぞ」

「だから待てと……」

雅遠は継長に、門の外へと引っぱっていかれる。思いのほか腕力がありそうだ。それとも必死のときには、このくらいの力が出るものなのだろうか。

「……あれはおれの勘違いだ」

築地に沿ってしばらく歩いてから、継長が振り返る。

「弟ではない。だが、送った相手は忘れた。ずいぶん昔に書いた文なんだ」

「昨日のうちに、兄弟で口裏を合わせておいたのか」

「ち、違……」

「つまり、嘘をついたのは弟ではなく、おまえだな。弟は事情が飲みこめず、おまえと文のやり取りなどしていないと、本当のことを答えるしかなかった。おまえは弟なら何か察して、うまく誤魔化してくれると期待したが、当てが外れた」

「……」

「言い逃れできると思うなよ、坂上継長」

雅遠は叩き落とすような勢いで継長の手を振り払い、鋭い目でにらんだ。

「俺は主上から直々に、登花殿の火事について調べるよう承っている。俺の問いに偽りで答えることは、主上を偽ることだと思え」

「……っ」

継長の喉が、おかしな音を立てて引きつる。顔色は、ますます白くなっていた。

「言え。誰に宛てた文だ」

「……い……言えない」

「言えないか」

「頼む。お、おれは何も知らない。あの火事とは、何の関係もない」

「それならおまえは、右衛門督に裏切られたってことか」

まるで、そこだけ時の流れが途切れたかのように、継長の体の震えも、息も、目の動きも止まった。

雅遠はそこで、強く見据えていた目を和らげ、憐れむような表情をしてみせる。

「裏切られたんだろう。……まさか右衛門督が、自分で火を付けに行くはずはない。誰かに命じたんだろうが、そんな荒仕事を引き受けるようなやつに、おまえが上等の陸奥紙《みちのくがみ》に書いた文を、送ったりはしないよな」

「……」

「おまえが昵懇《じっこん》の右衛門督に宛てた文を、右衛門督は、これに火種を移して登花殿に火を付ければいいとでも言って、付け火の下手人に、反故にして渡したんだ。うっかり燃え残って、おまえに疑いがかかるかもしれないと考えたら、とてもじゃないが、そんな真似はできないはずだ。現におまえの文は、こうして手跡がわかるくらいに残ってる」

継長は、どこか遠くを見ているような、虚ろな目で、雅遠を見上げている。

話は聞こえているはずだ。雅遠は、ますます気の毒そうな顔をして、目を伏せ、声を低くした。

「おまえは、親しくする相手を間違えたな。右衛門督は、もうすぐ失脚するぞ。いくら娘を後宮に入れたいからって、盗賊をけしかけたり、付け火まで起こしたりして、主上に一番に寵愛されている、登花殿の女御を亡き者にしようなんて、許されることじゃない」

「……」

そう——おそらく、それが吉親の目的。

吉親は右大臣の弟ながら、兄と不仲のせいで出世が遅れていた。ここで何とか兄を出し抜きたいとでも思ったのだろう。

そのための手段が、登花殿の女御に瓜二つの娘を後宮に送りこむこと。

五人いる女御のうち、帝の寵愛が最も深い登花殿の女御。吉親にとっては幸いなことに、自分の娘はその女御とそっくりだという。吉親は女御を後宮から去らせ、代わりによく似た顔の娘を差し出せば、帝の寵愛が自分の娘に移るかもしれないと考えたのではないか。

いま、登花殿の女御を守るべき父親の後ろ盾はない。右大臣も左大臣も、登花殿の女御を疎ましく思っている。女御を排そうと企てても、邪魔する者はいないのだ。

「どうだ？　坂上継長」

雅遠は静かな声で、しかし、目は再び鋭く継長を見据えた。

「ここで正直に白状しなければ、おまえも右衛門督と同罪だ」

「……」

同罪、と聞いて、呆然《ぼうぜん》としていた継長の肩がぴくりと動き、目線が定まってくる。怯えたような表情。

……ここだ。

雅遠の話は推測でしかない。だから事実と違っていれば、否定できるはずだ。それなのに継長は、否定も、とぼけることもせず、同罪という言葉に恐怖している。吉親の企てに加担することが悪事だと、認めているようなものだ。

「同罪に決まってるだろ？　都を守る検非違使でありながら、盗賊を操って都を荒らし、登花殿の女御に危害を加えようとした。おまえだって、いまの地位のままでいられるはずはないぞ」

「……ち、がう。あれは……あれは、綱長が」

「また弟に罪を被せるつもりか？」

「違う！　本当だ。本当にあれは、綱長がやったことだ。お、おれは、盗《ぬす》っ人《と》なんかと手を組みたくなかったから……」

継長が雅遠の腕を摑み、揺さぶってくる。雅遠は素っ気なく、その手を払いのけた。

「四人の盗賊を丸めこんで、あちこち襲わせた挙句、どさくさに紛れて女御を殺させようとしたのは、おまえの弟か」

「……何も、殺すことは、ないと……」

「けど、それが右衛門督の命令だったんだろ？」

力なく肩を落とし、継長がうなだれる。

「仕方ない。……坂上でも脇筋の家に生まれたおれが、衛門尉にまでなれたのは、吉親様のおかげだ。感謝してる。してるが……おれは、検非違使だし……」

「盗賊と手を組むのは、嫌だったか」

雅遠は大きく息をついて、腕を組み、継長を見下ろした。

「けど、綱長は手を組んだんだな」

「あいつは、何でもやる。そうやって、吉親様に取り入ってきた。……初めはおれが、頭を下げて、取り立ててもらったものを……」

「……」

ここでもまた、食い違う兄弟の姿が見える。

「四人の盗賊を始末したのも、綱長か」

「……ああ」

「右衛門督は、娘を後宮に入れるつもりなんだな？」

「大君を……どうしても、主上のお目に留まらせたいと……」

「登花殿の女御と瓜二つだそうだな」

「女御のお顔は存じ上げない、が……大君は、とても、お美しい姫君だ……」

うつむいている継長は、涙声だった。洟《はな》をすする音まで聞こえる。

「……」

藤原吉親は、娘を後宮に入れて――女御としては無理だろうから、おそらく更衣、それが駄目でも尚侍《ないしのかみ》ぐらいにはしたいのだろう。そのために、もう一人の娘を縁に、左大臣に近づき、口添えを頼むつもりでいるのだ。

「……な、なぁ」

ふと見ると、継長が涙まみれの顔を上げ、心細そうに雅遠をうかがっていた。

「吉親様は……もう、終わりなのか」

「終わりだろうな」

「どこかへ、流されるのか」

「それを決めるのは、俺じゃない」

「……姫君が、お気の毒だ」

「あ？」

「ずっと、目立たぬように暮らしてこられて……これから、これからやっと、お幸せになれるはずだったのに……」

「……」

地味で冴えない男だ。武官のわりに、十以上も年下の脅しにも負けている。

以前の雅遠なら、気づかなかったかもしれない。

「おまえ――好きなのか、大君が」

「……」

古くなった青菜のように、しおしおと肩をすぼめ、継長は力なく首を横に振った。

「違う……そんなことは……」

「……」

涙を流して言われても、違うようには見えない。

雅遠は、額を掻いて、しばらく考えこんだ。

……つまり、登花殿の女御が無事で、主上が安心して、俺の縁談が壊れれば、それでいいんだよな。

今回の件が明るみに出れば、藤原吉親はどのみち失脚する。悪人と手を結んだ検非違使らは、一掃されるはずだ。

「――継長。大君が後宮に入っても、幸せになれるとは限らない」

「なっ……」

「そりゃそうだろ。たとえ同じ顔をしてようと、女御と大君は、別人だ。別人なんだから、大君が女御の代わりになるはずがない」

継長の顔に、血の気が戻る。いままで見た中で一番強い表情で、何か言おうと継長は口を開いたが、雅遠の言葉がそれを遮った。

「吉親は終わりだ。それはどうしようもない。けどな、継長。大君は助けられる。おまえが助けるんだ」

「おっ、おれっ……？」

白かった顔色が、みるみる赤くなっていく。

雅遠は継長の肩を叩き、低く言った。

「俺に協力しろ、継長。そうすれば、おまえの地位は守ってやる。――生き残って、大君を幸せにしろ」

「宰相《さいしょう》どの」

ちょうど牛車に乗りこもうとしていた藤原吉親は、聞いたことのない声に呼び止められた。振り向くと、上背はあるが、まだ二十にもなっていないであろう、深緋の袍の若者が、にこやかに会釈する。

「いま御退出ですか。お疲れ様です」

「……誰だ」

「源雅遠です」

つい先日、下の娘の縁談をまとめた、左大臣の息子だ。吉親はすぐに牛車から離れた。

「このようなところでお声をかけて、申し訳ございません。ちょうどお姿をお見かけしたもので。——このあいだ、過分なお話をいただきましたのに、御挨拶が遅れてしまいまして」

「……いや……」

左大臣の息子といえば、皇女《ひめみこ》腹の嫡子であるにもかかわらず、勉強もせず、馬ばかり乗りまわしているらしいと、世間の噂は芳しくない。そんな息子なら縁談もあるまいと、下の娘との結婚を左大臣に打診してみたのだが、思ったよりもすんなりと承諾

を得られたのだった。――もっとも、それはこちらが左大臣の弱みを握っているから
かもしれない。
だとすれば、評判の悪い息子より、血筋は劣るが出世の見こみはあるという、弟の
ほうと縁組みすべきだったかと、いささか後悔していたところだったが。
「こちらこそ、毎日出仕しているというのに、声もかけなかったな」
「何の、宰相どののお忙しさは、存じております。いまは特に御苦労の多いことと、
お察しいたします」
受け答えは、しっかりしている。評判ほどひどくもないのか、それとも、挨拶程度
のことしかできないのか。
「あ……ああ、そのとおりだ。いま、忙しくてな」
「六条の警固でしょう。宰相どの自ら詰めておられるとか。主上は登花殿の女御様を
格別に御寵愛ですから、宰相どののお働き、さぞ心強く思われておられることと存じ
ます」
「それは光栄なことだ」
いずれその寵愛は、我が娘に移る。……もう少し。もうしばらくの辛抱だ。あの女
御が消え、上の娘が帝のお側に上がる。できれば更衣にしたい。そのためには――
「よ、吉親様、吉親様……」

今度は聞き慣れた、だがひどく上ずった声がして、転がるように男が走ってきた。

「何だ、継長。騒々しい」

この男はいつもそうだ。適当な雑用をさせるにはちょうどいいが、何かあるとすぐ度を失う。弟のほうが、よほど融通が利く男だ。

「お、お耳を……お耳を拝借……」

「だから何だ」

継長は左大臣の息子のほうを気にしている。内密の話か。

「あー、雅遠どの、悪いが……」

「こちらこそ、呼び止めてすみません。いずれまた、あらためて御挨拶に伺います」

丁寧に頭を下げて、左大臣の息子は立ち去っていく。牛車から少し離れて耳を貸してやると、継長は震えた声で告げた。

「……六条においでの女御様が、か、髪を下ろされて……」

「髪を？」

「あの、さっき、巡回の途中で六条に寄りましたところ、女房が騒いでおりまして、あの、何事か尋ねましたら、少し目を離した隙に、女御様に物の怪が憑いて、御自分で、髪をお切りになってしまったと……」

「切ったんだな？」

「はい、はい」

「……」

やった。

とうとう、このときが来た――

「……雅遠どの！」

歩いていく後ろ姿に声をかけると、左大臣の息子は、ゆっくりと振り返った。

「はい、何か……」

「今日は……左府どのは、この後、御在宅か？」

こうなったら、早く話を進めてもいいだろう。このときを、こうなることを、もう何年も待っていたのだから。

「今日は出かける予定はないはずですから、いると思いますよ」

「御相談したいことがあるのだ。今宵《こよい》、伺いたいのだが――」

左大臣の息子は、笑顔で応えた。

「そうですか。では、そのように父に伝えておきましょう。お待ちしております」

「あ、ああ」

また馬鹿丁寧に頭を下げて、今度こそ左大臣の息子は、去っていく。

「……継長」

「その話、誰にもしてないだろうな？」

「もちろん……もちろんです」

冠が振り落ちそうなほどに、継長は何度もうなずいた。

「大変なことですから、女房にも、まずは騒がず、このことは、まだ伏せておいたほうがいいと、言っておきましたが……」

「それでいい」

この男にしては珍しく、気が利いたものだ。

吉親は従者らのところへ戻り、牛車に乗りこんだ。継長が、ばたばたと追ってくる。

「あ、あの、吉親様」

「おまえは帰れ。普段どおりにしていろ。——ああ、すぐに綱長をうちに寄越せ」

「は……」

「は、はい？」

「車を出せ！」

従者が御簾を下ろす。一度がくりと揺れてから、車が動き出した。

いよいよだ。

いよいよ、あの兄を越える日が来た——

その日、雅遠は四条の西の対に帰ってすぐ、保名を連れて父母の住む寝殿へと向かった。

先に保名を帰し、藤原吉親について重要な話があると伝えておいたおかげで、父の雅兼は外出せず、しかし、いかにも不機嫌な面持ちで、雅遠を待っていた。ついでに母宮も一緒である。

「いったい何だ。儂はこれから、九条院《くじょういん》に行かねばならんのだぞ」

「あー、そうですか」

どうでもよさそうに返事をしながら、雅遠は父と母の前に、ぞんざいに腰を下ろす。優雅さの欠片《かけら》もない息子の動作に、母宮は早速、ため息をついた。

「静かにお座りなさい。それと、話は手短にするのですよ。あまり院をお待たせしてはいけませんからね」

「母上、御心配なく。それ、十中八九、嘘ですから」

「え？」

「新しい女のところですよ。――そうですよね、父上？」

母宮の手から、ぽろりと扇が落ちる。

雅兼が、これ以上ないほどに、大きく目を見開いた。

「なっ……何だと!?」

「別に隠すことないでしょう。父上の従者たちに訊けば、すぐわかることなんですから。それにしても、厄介な女に引っかかりましたね。よりによって、藤原吉親の家の女房とは」

「おい、雅……」

「この春、清水寺《きよみずでら》に参籠《さんろう》したときに見初《みそ》めたそうじゃないですか。いや、女から誘ってきたんでしたっけ? 年は二十六? 二十七でしたか? 来年には子が生まれるみたいですね。お若いのは結構ですが、それを弱みに俺の縁談をまとめられたんじゃ、こっちが困るんですけどね」

雅遠はまるで他人事《ひとごと》のように淡々と、だが淀《よど》みなく話し続け、その後ろで保名が、みるみる青くなっていく雅兼の顔と、逆に怒りで赤くなっていく母宮の顔に、まずいまずいとつぶやいている。

「殿……いったいどういうことなのですか……」

「いや、その」

「私は殿に嫁したときから、もうずっと近江《おうみ》の方《かた》のことに耐えてまいりましたのに、この年になって、よりによって娘ほども若い女に……」

泣きたいのか怒りたいのか、母宮は声を震わせ袿の袖を引き絞り、うろたえる夫をひたとにらんでいる。

ちなみに近江の方とは、利雅の母のことだ。受領《ずりょう》の娘で身分は高くないが、母宮が雅兼に降嫁する以前からの付き合いであるため、気持ちの上で、何かと張り合っているらしい。

妻の視線に耐え切れなくなったのか、雅兼は息子を振り返った。

「――まっ、雅遠！　おまえはっ……」

「俺を叱ったところで、女を作ったのは父上ですよね。やつあたりは御免被ります」

怒りの矛先を軽くかわし、雅遠は澄まし顔で両手を挙げてみせる。

「そもそも、これは父上のためでもあるんですよ。女に引っかかったことを世間や母上に知られたくなければ、自分と懇意にしろというのが、吉親の魂胆でしょう。だったらむしろ、母上に知られてしまえば、父上の弱みはなくなるんです。女と荘園程度で、吉親の言いなりになることはない」

「わ、儂は言いなりになどなっておらん！」

「これからの話ですよ、父上。吉親が何のために、父上に女をあてがい、荘園を寄進し、自分の娘と俺を結婚させようとしてるのか、父上にも察しはついてるんじゃないですか？」

雅遠は背筋を伸ばし、やや強い語調で父に詰め寄った。雅兼は片頰を歪めて、吐き捨てるように答える。

「だからそれは、あの男を見限って――」

「もとから不仲なら、右大臣を見限っているのは、いまに始まったことじゃないでしょう」

そこでひと息つき、雅遠は落ち着き払った表情で、父と母の顔を交互に見た。

「藤原吉親は、娘を後宮に入れたいんですよ。俺との縁談がある中の君《なかきみ》じゃなくて、大君のほうです。……その大君は、登花殿の女御と瓜二つだそうです」

「……何？」

「見たわけじゃありませんが、聞いた話では、顔がそっくりなんだとか。もっとも、登花殿の女御と藤原吉親の大君は、母親同士が姉妹の従姉妹《いとこ》ですから、似てても不思議はないと思います」

ふと、部屋の中が陰った。そろそろ日が暮れるだろうか。吉親は、今宵訪ねると言っていた。それまでに、こちらの話をつけなくてはならない。

「最近、登花殿の女御の周りで物騒なことがあったでしょう。実家に盗賊が入ったり、登花殿に付け火があったり。あれは吉親が登花殿の女御を排して、よく似た顔の自分の娘を、主上のお側に送りこもうって腹です」

雅兼が、身を乗り出してくる。

「……まさか、吉親の仕業だというのか？」

「これを御覧ください」

雅遠は懐から焦げた紙片を取り出し、父の前に置いた。油染みもあり、原形を止めていないが、もとは白い陸奥紙の、ひどく癖のある手跡で書かれた文。

「登花殿の火事の跡で発見されたものです。この手跡に見覚えがありましたので、確かめてみましたところ、これは右衛門大尉坂上継長が、吉親に宛てたものでした」

「……」

「継長からの文を反故にして、火を付けるのに使ったんでしょうね」

雅兼は燃え残りの紙片を、しばらく凝視していた。母宮のほうも眉をひそめて、息子のほうへ顔を向ける。

「雅遠。その……登花殿の女御というのは、たしか前の右大臣の姫君で……」

「主上の、一番御寵愛の女御ですよ。……ま、だからこそ、父上にとっても右大臣にとっても、本音を言えば、邪魔な方なんだと思いますけど」

邪魔と思われているからこそ、登花殿の女御の身に何かあっても、結局は黙殺されるはずだと、吉親も踏んだのだろう。

だが、罪は罪だ。このことが世に知れ渡れば、咎《とが》めを受けずには済まされない。

「もし登花殿の女御がお側を下がれば、主上はさぞお嘆きになるでしょう。そんなとき、そっくりの姫君が目に留まるところにいれば、そっちにお心を移さないとも限らないですよね」

「む……」

「そうなったとき、吉親の大君が、誰の口利きで後宮に入ったか——父上の後押しがあったとなれば、右大臣側は当然、左大臣の息のかかった姫君が、後宮に一人増えたと思うんじゃないですか。そうしたら、たとえ大君が更衣であれ尚侍であれ、そんなことは関係なく、あっちも必ず、もう一人、女御を送りこむでしょうね。……主上の足は、ますます姉上から遠のくわけですよ」

五人の女御のうち、後ろ盾のない登花殿の女御は別として、いまのところ後宮内の勢力は、右大臣家の姉妹、雅遠の姉と従妹の二人ずつで、均衡が保たれている状況にある。

梅壺、麗景殿、それぞれの女御が一人ずつ皇女を産んでいるとはいえ、帝の寵愛が最も深いのは、登花殿の女御だ。現在でも他の四人が、何とか帝の寵愛を自分に向けてもらおうと争っているというのに、どちらかがこの均衡を崩せば、五人、六人で争うことになるということだ。

「殿——」

さらに顔を険しくして、母宮が夫を見た。

「どうなさるのです。この子の話のとおりなら、私は到底、右衛門督と縁を結ぶことなど、承知できませんよ」

「し、しかし……」

「麗景殿は私たちの娘ですよ。これ以上、姫に不憫《ふびん》な思いをさせるおつもりですか」

「ま……待て」

怖い顔でにじり寄ってくる妻を、雅兼は慌てて手を振って止めようとする。

「そもそも儂は、吉親から、娘を後宮に入れろなどと、頼まれておらんぞ。話があったのは、こやつの結婚のことだけだ」

「今日、これから頼まれますよ」

「何っ？」

「後でうちに来るそうです」

雅遠は抑えた声で、しかしはっきりと、父に告げた。

「俺は蔵人所の一員として、登花殿への付け火に関する調べを、他の蔵人の方々とともに、主上より直々に承りました。蔵人所では、すでに藤原吉親が首謀の、登花殿の女御に対する呪詛によるものと認定し、明日、すべてを主上に奏上する手はずです」

挑むように、父の目を見据え——

「藤原吉親と縁を切るなら、今日のうち。……それをお伝えするために、父上をお引き止めしました」

雅遠は、これですべて話し終わったことを示すため、床に手をつき、頭を下げた。

しばしの間、部屋に重い沈黙が漂う。

やがて雅兼が、額に浮いた汗を懐紙で拭い、かすれた声でつぶやいた。

「……これから……吉親が、訪ねてくるのか……？」

「はい。ですが吉親は、明日には下手人となることを知りません。それどころか、六条に宿下がりをしている女御が、髪を下ろしたという偽の話を信じてます。奏上の前に逃げられては困りますので、父上には、くれぐれも慎重な対応を」

「その心配はありませんよ」

母宮が、隣りの夫に冷ややかな目を向ける。

「私が同席しますからね。そのような話が出る前に、右衛門督には、まず殿に近づいた女のこととやらを、じっくり尋ねなくてはなりません。ええ、じっくり訊きますよ」

「……」

雅兼はもはや情けない表情を取り繕おうともせず、しきりに汗を拭いている。この様子なら、吉親は出直しを余儀なくされそうだ。

雅遠は母を見て、肝心なことを念押しした。

「それなら、俺の縁談も、断ってもらえますね？」

「あたりまえです」

「……よろしくお願いします、母上」

薄く笑みを浮かべ――雅遠は、母宮にも深々と頭を下げた。


「……結婚しなくてすみましたねぇ」

「すんだな……」

西の対に戻って、雅遠と保名は大きくため息をついた。雅遠は廂に腰を下ろしながら、狩衣の襟留めを外す。

「おまえも大変だったよな。父上の従者は、口が堅かったんじゃないか？」

「殿の従者は数が多いですからね。堅いやつは堅いですが、おしゃべりもいますよ」

保名は苦笑いを浮かべ、それから声を小さくした。

「……けど、雅遠様、あのことは言わなかったじゃないですか」

「実は父上の新しい女は、二人いるってことか？」

うっかり吉親の家の女房に手を出してしまった雅兼だが、よくよく調べると、何と一人ではなく、同じ家の女房二人を相手にしていたのだという。しかも、二人とも雅兼の子を身籠っているらしい。

「いまは言わないさ。どうせ父上だって、俺に全部知られてるってことぐらい、わかってるはずだし——」

「……だし？」

「そのうちまた、おかしな縁談を持ってこられたときのために、使える話はとっておくほうがいいだろ」

「……そういうことですか……」

吉親に弱みを握られていた雅兼は、今度は息子に弱みを握られたということだ。

「ちょっと……殿がお気の毒な気もしますよ」

「自業自得だ」

立てた片膝に頬杖をつき、雅遠が鼻を鳴らす。

「そうだ、どうせ父上のことだから、母上には女と別れるとか言っといて、吉親が流される前に、二人の女だけどこかに隠すつもりでいるだろ。隠し場所も押さえておけば、それも使える話になるよな」

「……ますますお気の毒ですね……」

「勝手に縁談なんか決めてくるのが悪い」

地を這うような低い声で、容赦なく言い切る雅遠に、保名は頬を引きつらせた。

「雅遠様……もしかして、この先も御縁談があったときには……」

「全部潰す」

「……」

「当然だろ。結婚相手は自分で決めるって、言ってあるんだからな」

「そ、そうですか……」

別に次に縁談があったところで、今回のように、相手を失脚させてまで話を潰すことなど、そうはないだろうが、保名は何やら、怯えたような顔をしている。

「あー、えーと……そう、それにしても、女御様と瓜二つというのが、そういうことだったなんて、驚きましたよ」

「ああ、それがわからなかったら、決め手がなかったな……」

坂上継長を叩けば概《おおむ》ね真相はわかるだろうと踏んでいたが、吉親の大君の話が出たことで、予想以上に協力を得られた。

昨日、桜姫には吉親の件を話したが、そのときには、吉親と女御の繋がりを知っていた様子はなかった。おそらくあの後で何か聞いて、すぐに知らせてくれたのだ。

役に立とうと――してくれたのだろう。

……可愛いことするよなぁ。

雅遠は、外に目をやった。空がうっすらと赤く染まっているが、日が沈みきるまでには、まだ時間がある。

「保名、出かける」

「……あちらですか？」

「他にどこに行くっていうんだ？」

あいにく自分は、父とは違う。

「別におまえは、ついてこなくていいぞ」

「行きますよ。置いていかないでくださいよ……」

雅遠と一緒のときには、自分まで騎馬で行かなくてはならない保名は、のろのろと立ち上がった。よく雅遠の供で馬に乗るわりに、いつまで経っても苦手のようだ。

すぐに支度をし、暮れかかる道を白河へと出発した。風は昨日よりさらに冷たく、日も短くなりつつある。

吉親の件は、退出する前に真浄、惟元、夏景にあらましを伝えた。明日の朝一番で、正式に帝に報告することになっている。その処遇について、真浄の見方では、おそらくいまの地位は剝奪され、どこかの国の権守《ごんのかみ》になるのではないか、とのことだった。左遷という形をとった、事実上の流罪である。

公卿の中で、かばう者はいないだろう。もとより兄の右大臣とは不仲で、利用されそうになっていたと知った父、左大臣も、知らぬ顔をしたいはずだ。そして、参議と右衛門督の座が欲しい者は、幾らでもいる。……それも、罪の報い。

藤原吉親も、さらなる出世がしたかったのだろうか。弟に昇進を追い越されながら、それでも参議にまで昇ってもなお。

帝を助け、人々のための政を行えるよう、尽力する。その決意を述べたとき、口では皆がそう言うと、帝に告げられた。誰もが、言葉にはするのだ。左大臣も右大臣も——きっと、吉親も。言葉にしながら、出世したくて、いつのまにか道を踏み外す。

……真っ当に出世しなきゃ、意味ないんだよな。

そうでなければ、桜姫を泣かせることになってしまう。

白河に着くと、蹄の音を聞きつけて、いつも誰かが出迎えにくる。今日は有輔《ありすけ》に馬を預け、少し遅れて保名も来ることを告げて、中門をくぐり、庭へ入った。

御簾の向こうに、灯りがひとつ、点っているのが見える。

足早に階を上がり、御簾を掻き分けて廂に入ると、いまちょうど桜姫が立ち上がって、こちらに来ようとしているところだった。

いつもの可憐《かれん》な花が咲いたような笑みではなく、少し不安そうな表情で、何か言いたげに小さな唇を開いているのは、今朝の知らせのその後を、気にしているからだろう。

「おいでなさいませ。あの……」

「知らせはもらった」

それだけ言って、部屋に乗りこんだ勢いのまま、雅遠は桜姫を抱き上げた。

「きゃ……」

半ば肩に担がれる格好になって、驚いた桜姫が、慌てて雅遠の首にしがみつく。

「何をなさってるんです。危ないじゃないですか」

「あらあら、子供のような……」

近くにいた葛葉が呆れ、淡路は面白そうに微笑んだ。

「あの、雅遠様……」

「勝ったぞ」

「……は、い？」

途惑い、困ったような表情で、桜姫は首を傾げ、雅遠を見つめている。

そう、今回は、これで避けられたのだ。……父の言いなりになることも、吉親の企てに、巻きこまれることも。

「そなたのおかげだ、桜姫。そなたがいたから——」

桜姫を高々と抱え上げ、雅遠は大きな声で笑っていた。

＊＊　　＊＊　　＊＊

「重陽の宴までには帰りたかったの。間に合ってよかったわ」

昨日、雅遠が日の沈む間近に訪ねてきて、すべてが終わったことを知らせてくれた。夜が明けたら、藤原吉親の罪が公になることも。

話を聞いた登花殿の女御は、ほっとしたような、しかし寂しげな顔をしたが、すぐに御所へ戻ると言い出した。

しかし白河から御所へ直接向かうのは、明るいうちは人目もあるので、ひとまず来たときと同じように、目立たぬ女房車で六条の実家へ帰り、それから堂々と御所へ戻ることとなったらしい。

女御の出発は、六条の屋敷から検非違使が撤収したのが確認できてから、ということで、車を用意して、女御と松虫は、まだ白河の東の対で待機していた。詞子と淡路、葛葉も、見送りのため東の対で、一緒に知らせを待っている。帰りは昼間ということもあり、鴨川を渡るまで保名と爽信が付き添い、後は六条の従者に引き渡す手はずだそうだ。雅遠は藤原吉親の件の事後処理があるとかで、出仕している。

「そういえば、明日は重陽でございましたね。忘れておりました」

「あら、駄目じゃないの。せっかくここの庭にも、菊が咲いているというのに。お酒くらい飲みなさいな」

女御は今日も朗らかだが、帰れるとわかってからの元気さは、どこか、穏やかさを

いまさらながら思った。

感じる明るさだった。


無理をしていたのかもしれない――と、いまさらながら思った。

どれほどしっかりした性質でも、心細かったはずだ。呪詛され、住まいに付け火までされて、女房とたった二人で、人里離れたところへ隠れなくてはならないなど。

それでも、明るくふるまっていたのだ。きっと、この境遇に負けまいとして。

庭を眺めていた女御が、詞子を振り向く。

「ずいぶん世話になったわね」

「滅相もございません。行き届きませんで……」

「楽しかったわ。帰ったら主上に、鬼の正体をお話ししなくちゃ。――主上にだけよ。主上とわたしだけの、内緒の話にするの」

女御は楽しそうに、扇の陰で目を細めた。

「でも、いざ帰るとなると、少し名残惜しいわね。あなたとの囲碁の勝負も、結局つかなかったわ」

「……女御様のほうが、勝っておいでではございませんでしたか」

「四勝四敗よ。ちょうど引き分けなの」

「そうでしたか……」

庭から軽やかな足音が聞こえてきて、姫様――と呼ぶ、筆丸の声がした。

「検非違使、みんないなくなったそうです」

「車の支度は？」

「整ってます」

詞子はうなずき、松虫を見た。松虫が静かに立ち上がる。

「……では、姫様、まいりましょう」

「そうね」

女御も腰を上げ、晴れやかに詞子に笑いかけた。

「見送りはここでいいわ。……元気でね」

「はい。女御様も……」

手をつき、頭を下げる。衣擦れが、対の屋から出ようとしていた。

帰って——

女御は、また、以前と同じように過ごすのだろうか。

「……女御様！」

妻戸をくぐろうとしていた女御が、驚き顔で振り返る。

詞子は頭を上げ、まっすぐに女御を見つめた。

「女御様は、いまでも御自身を、不幸せだとお思いですか？」

「え？」

女御は目を瞬かせ、微かに眉根を寄せる。

「それは……そうよ？　言ったでしょう。わたしが本当に幸せだったのは、入内して一年のあいだだけよ」

「主上に、一番に大切にされておられても、ですか？　他のどの女御様よりも……」

「……」

「わたくしは呪いを受け、親に見捨てられてここにおります。わたくしも、自分がこの世で最も不幸せな者だと思っておりました。――ですが、いまは違います」

あえて挑むように、詞子は笑みを浮かべてみせた。

「呪いは消えておりません。親は相変わらず、わたくしを疎んじております。それでも、わたくしにはひとりだけ、わたくしを守ってくださる方がおります。……女御様が、主上に一番に大切に思われておいでのように」

「……」

「わたくしは、誰より幸せです。……そのことにおいては、女御様に勝つことができます」

女御は一瞬、初めて出会うものを見た子供のように、きょとんとした顔になった。

そして。

「……あなた、わたしに勝つの？」

「はい」

何か強いものが、女御の目を過《よぎ》る。

束の間、詞子を見据え、それからおもむろに、女御が口を開いた。

「……そうね。不幸せを競っても、つまらないわね」

「ええ」

「でも、あなたとは、まだ引き分けよ。勝負はこれから。わたしが御所に戻ってからね」

女御はしゃんと、背筋を伸ばす。明るい、いっそう華やかな笑顔。

「ときどき文を書いて、後の蔵人に持たせるわ。あなたは返事を書くのよ。御所に戻ったら、他の女御たちなんて蹴散らして、主上を独り占めしてみせるから。そのときには、きっとわたしの勝ちよ」

「……楽しみにしております」

詞子が再び手をつき――今度こそ、登花殿の女御は部屋を出ていった。松虫も、詞子らに深く頭を下げて、女御の後についていく。

衣擦れの音が聞こえなくなり、ややあって、淡路と葛葉が同時に息をついた。

「……帰ってしまわれましたねぇ」

「帰りましたね」

淡路は寂しそうだが、葛葉は、ようやく帰ったという口調である。詞子は笑って、後ろの二人に向き直った。

「思いがけなくにぎやかだったから、ずいぶん静かになってしまったようね」

「静かでいいですよ。雅遠様だけでも充分やかましいっていうのに」

「葛葉ったら……」

外から牛麻呂が牛を追う声と、車の動き出す音が聞こえる。

去っていく音にしばらく耳を傾けていると、淡路が含み笑いをして、詞子を見た。

「……姫様も、女御様に負けられませんね？」

「あれは……」

明るい、華やかな姫君である。きっと昔から、そうだったはずだ。そして、帝に最も愛されている。

幾らかの不幸せを嘆くより、ひとつの幸せに笑うほうが、似合っているのではないか、と――そう、思っただけで。

だが。

「……本気にされたかしら」

「それは、まぁ……」

「負けず嫌いだと、御自分で仰っておいでてしたなら」

「……そうね」

勝負が、始まってしまったのだ。

小さく笑って、詞子は立ち上がった。

「あっちに戻るわ。葛葉は、小鷺と朱華に、ここを片付けるように頼んでね」

「あ、はい」

「淡路は、有輔にお酒があるかどうか、確かめてちょうだい。なかったら、明日の晩までに用意して」

「重陽の……ですか？」

詞子は廂に出て、御簾のあいだから庭を見た。池のほとりに点々と、白や黄の小さな菊の花が咲いている。

二条の屋敷にいたころは、季節の行事にも縁がなかった。艶子たちが七夕だの月見だのとはしゃいでいても、部屋の隅でひっそりと、その様子を眺めているだけ。

でも、ここでは何でもできる。

詞子は、淡路と葛葉に微笑みかけた。

「菊のお酒、みんなで飲みましょう。せっかくだから、部屋にも少し花を飾って……」

これまでできなかったことを、少しずつ。

あの明るく快活な女御に、負けないように──

病重しと噂されていた登花殿の女御は、参議兼右衛門督、藤原吉親失脚の報に内裏がざわつく中、六条の実家から堂々と帰ってきた。

帝は登花殿の女御の本復をことのほか喜んだが、他の女御たち、またその実家などは、一様に落胆し、中には登花殿の女房に、喧嘩をふっかけた他殿舎の女房もいたという。

しかも、いまだ火事で傷んだ登花殿の修理が、完全には済んでいなかったため、修理が終わるまで登花殿の女御は、清涼殿の夜御殿《よるのおとど》隣りにある、上御局《うえのみつぼね》にいることになってしまった。これには右大臣、左大臣ともに強く反対したが、登花殿の女御は頑として聞き入れず、上御局を動こうとしなかったため、両大臣はそれぞれ、昼夜構わず修理を急がせたという話である。

＊＊　＊＊　＊＊

「……というわけで、ようやく落ち着きましたよ」

雅遠の話をじっと聞いていた敦時は、菊と望月が描かれた檜扇を、静かに閉じた。

「やはり……検非違使庁が関与していたのか」

「ま、頭の別当が下手人だったわけですからね……」

吉親の一件が片付いて数日後、雅遠は敦時にもあらましを報告するため、兵部省まで来ていた。そろそろ退出の刻限というところで、先ほどから一人、二人と敦時に挨拶して、帰途についている。

「しかし、下の者たちは上からの命令には、とりあえず従うしかないわけですから。加担したつもりもなかった者が大半でしょう」

「坂上の兄弟の処分は？」

「兄のほうは、こちらに協力しましたからね。ひとまず官位は保留になりました。弟は、もっと荒っぽいこともやってますから、次の除目で少し落ちるみたいですよ」

敦時は再び扇を広げ、口元を隠して嘆息した。

「それにしても、藤原吉親の姫君たちは気の毒だね。これからどうなるのか……」

「あー、大君のほうは、結婚の当てがありそうですけどね。中の君はどうするんですかね」

吉親の北の方は、夫についていくらしい。だとすれば、中の君も親と一緒に行くのか、あるいは都に残って継長の世話になるという、姉の大君と一緒に暮らすのか。

「父親は都落ち、きみにも振られてしまったとあっては、まったく不憫だ」

「……人聞きの悪い言い方しないでくださいよ」

そもそも顔を合わせていないどころか、話をしたことも、文のやり取りをしたこともない相手である。親が勝手に決めた話で、振った振らない以前の問題だ。

「それにしても、いまごろは行く末を案じて、さぞ心を痛めていることだろうね。ぜひとも慰めてあげたいものだ」

「……はぁ」

敦時は机に片肘をつき、どこか遠くを見るような眼差しで、想うとも恋うとも――とか何とか、歌をつぶやいていた。


雅遠は兵部省から蔵人所に戻り、退出前に、今日一緒に仕事をしていた真浄の机を片付けていた。よく見ると、床に松の実らしき欠片が落ちている。また隠れて何か食べていたようだ。

……宮も、何を企んでるんだかなー。

吉親の中の君を口説きに行くのは構わないが、大君のほうまで口説きはしないかと、それだけは少々、心配である。敦時に大君を口説かれてしまったら、坂上継長が気の毒なことになってしまうだろう。

硯箱に筆をしまっていると、ふと、室内に射していた日の光が遮られ、床に人影が映った。それも、数人の。

「……」

顔を上げると、黒の袍に深緋の袍――藤原善勝とその取り巻きたちが、揃いも揃って扇で半分顔を隠した姿勢で、冷ややかにこちらを見下ろしている。

そういえば、藤原善勝とは、先日小舎人を殴りつけているのを止めて以来、顔を合わせていなかった。あれは善勝に、真っ向から逆らったのも同然なのだから、どんな仕返しをされても、おかしくない状況である。

……仲間引き連れて、袋叩《ふくろだた》きにでもしに来たか？

手荒なことは好まないが、善勝が、あえてそういう手段を取ってくるというのなら、ここで逃げたりはしない。雅遠はゆっくりと背筋を伸ばして立ち、このあいだと同じように、善勝を見下ろした。

「何か、御用ですか」

善勝は扇から覗く目に一瞬だけ不快そうな色を浮かべたが、すぐに顎を上げ、頰を歪めた。笑ったのだ。

「明日、人を集めて武徳殿にて競馬《くらべうま》を行うので、貴殿も参加されよ」

「……競馬？」

「時刻は午《うま》の刻。それくらいなら、一度家に戻っても、充分支度は間に合おうぞ」

嫌な笑いだ。こういった面倒なことはできれば避けたいが、この様子を見るに、断るということは、逃げるのと同じことになるだろう。

「……普段の勤めが済んでから、ということですね」

「もちろんだ。大勢に声をかけているからな。にぎやかになるぞ」

細い目をさらに細め、善勝は踵を返した。取り巻きたちも、その後に続く。

くすくすと、忍び笑いが遠ざかっていく。一応、笑い声を抑えようとしているようだが、ほとんど隠せていない。

「……」

雅遠は、影のなくなった明るい床を、じっと見据えていた。

妙な誘いだ、と思った。雅遠は乗馬が得意だ。歌合せにでも招くなら嫌がらせにもなるだろうが、わざわざ得意のものに参加させたとて、意味などないだろう。それとも、荒馬でもあてがって、恥をかかせようという腹積もりだろうか。……いや、それもたいした意味はない。いま好んで乗っている玄武《げんぶ》などかなりの荒馬だったが、結局は乗りこなせたのだ。

それより競馬そのものが妙だ。端午の節句でもあるまいし、いまごろ宮中で、競馬など行うだろうか。

部屋を出て廊に下り、柱にもたれて考えていると、小走りに近いような、忙しない足音が聞こえてきた。雅遠が何げなく振り向くと、相手は角を曲がったところで、ぴたりと足を止めた。

「あ」

「……何だ、利雅か」

同じ蔵人所勤めだが、できるだけ会わないようにしている弟だ。しかし、かち合ってしまったら、仕方がない。

利雅は目を吊り上げ、背伸びでもするかのように、胸を反らして雅遠を見た。

「何をしているのです、こんなところで」

……わりと最近、まったく同じことを聞いたような。

「別に、何も。帰ろうと思ってたところだ」

「相変わらずのんきな……。こんなところでぼさっとしている間があったら、すぐに帰って、明日のための練習でもしたらどうです！」

「明日の？」

もしやさっきの競馬の話だろうか。そう思っていると、利雅がますます目を吊り上げた。

「蹴鞠のことです！　明日の！」

「……あー、蹴鞠……。やっぱり競馬じゃないんだな」

「はぁ？」

それとも利雅には蹴鞠、自分には競馬とでも言ったのだろうか。利雅とて、右大臣派にとっては、憎き左大臣の子である。

「ついさっき、頭中将がいつもの連中ぞろぞろ引き連れて、ここに来た。明日の午の刻に武徳殿で競馬をやるから、参加しろってな」

「なっ……」

利雅の顔が、みるみる赤くなった。

「競馬!? あの右府の息子め……こちらに恥をかかせるつもりだったか」

「そうなんだろうな。こんな時季に競馬はないと思った」

「……本気にはしなかったわけですね？」

剣呑《けんのん》な表情のまま、利雅がじろりと雅遠をにらむ。

「本気にはしてないが、どういった嘘をつかれたのか、考えてた。蹴鞠ってのは間違いないんだな？」

「明日の、午の刻！ 仁寿殿《じじゆうでん》の東の庭！ 参加するのは上達部の子息及び、五位以上の者！ 四人一組で、貴殿は私と同じ組ですよっ」

肩を怒らせ、利雅が怒鳴った。日時だけは合っていたようである。鵜呑《うの》みにしていたら、雅遠だけが武徳殿に行く破目になっていたのだろう。

「そうか。そりゃよろしくな」

「それと──」

利雅はさらに声を張り上げたが、大きく息を吸いこんだところで、急に言葉を切り、今度は声を落とした。

「……見物も大勢あるようですから、くれぐれも失敗しないように」

うまく鞠を返せなかったり、受け損ねたりされては、同じ組として困る、ということか。

「心配ない。蹴鞠は得意だ」

「得意？」

さも意外そうな顔をされたが、父から聞いていないのだろうか。馬やら弓やら鞠やら、体を動かすものは得意でも、肝心の歌が詠めないと、よく嘆かれていたのだが。

利雅は胡乱《うろん》な目を雅遠に向けつつも、うなずいた。

「結構。それなら足を引っぱることもないでしょう。──それから！　何度も言いますが、ここでは私が」

「あー、失礼しました、五位蔵人の源利雅どの。どうぞ明日はよろしくお願いします」

面倒くさいので皆まで言わせず、雅遠は深々と利雅に頭を下げてやる。

利雅はまだ赤い顔で目を吊り上げていたが、それ以上は何も言わず、廊を踏みつけるようにして、もと来たほうへと歩き去っていった。

「……そういうことか」

再び柱に寄りかかって、雅遠は息をつく。得手不得手はどうでもよかったのだ。善勝は、ただ自分が偽りの誘いに騙《だま》されて、恥をかくところが見たかっただけで。

そうとわかれば、明日は普通に狩衣を持参して出仕すればいいだけのことだ。急いで帰って支度することもないかもしれない。

とりあえず疑問は解決した。さて帰ろうと、雅遠が一歩踏み出したところに、小舎人らしき者が焦った様子で、無人の蔵人所を覗いているのが見えた。

「――どうした。探し物か？」

「あっ……」

振り返った顔は、目元が青黒くなっている。このあいだ善勝にさんざんに殴られていた、小舎人の池井だった。青黒いのは、痣《あざ》である。

「池井じゃないか。怪我はもういいのか？」

「ま、雅遠どの、お捜ししておりました……」

池井がばたばたと走ってきて、廊に下りたところで、腹を押さえて顔をしかめる。

「ああ、ほら、痛むんだろ。何やってるんだ。まだ休んでたほうがいい」

「お、お伝えしたいことが……。もうじき、頭中将が、貴殿を訪ねてこられます」

「頭中将？　さっき来たぞ」

「えっ」

「何か、明日競馬があるから出ろとか何とか言ってたんだが、それは——」

池井が顔を歪め、やはり、と言った。

「……何だ？」

「競馬などありません。蹴鞠です。本当は蹴鞠なんです。貴殿を、その、陥れようとして、偽りの行事を……」

いま利雅から聞いた話ではあるが。

「おまえ、俺にそんなこと話していいのか？　聞いたんだが、おまえは右大臣に逆らえないみたいじゃないか」

「それは……たしかに私の親は、右府様にお仕えしておりますが」

池井は肩を震わせて、雅遠を見上げている。

「しかし、それを承知で私を助けてくださった貴殿に、嘘は申しません」

「違う違う。誰もおまえを疑っちゃいない。また頭中将が暴れるといけないから、俺にそれを教えたことは言うなって話だ」

「ですが……」

池井はしゃべりづらそうに、顔をしかめている。おそらく殴られたとき、口の中を嚙んだのだろう。雅遠は子供のころ、転んだ拍子に口の中を切って、物を食べるのにも話すのにも苦労したのを思い出した。

「しゃべらなくていい。口の中、痛いんだろ。——実はいま、利雅が通りすがりに、明日の蹴鞠で失敗するなと言ってきた。それで競馬じゃないとはわかったんだが」

「ご、御存じで……」

気が抜けたのか、池井が後ろによろける。雅遠は笑って、その肩を支えた。

「おまえにも確認しておくか。日時は明日の午の刻。場所は仁寿殿の東の庭で、四人一組の蹴鞠。……あってるか？」

「はい、はい」

池井もようやく、痛みに顔をしかめながらも、笑みを浮かべてみせる。雅遠は首の後ろを掻いて、息を吐いた。

「おまえも知ってるだろうが、俺と弟はあんまり仲が良くない。頭中将の次は利雅に騙されたんじゃ、ますます格好悪いからな。おまえが教えてくれて、利雅の話が嘘じゃなかったとわかって安心した。ありがとう」

「……」

礼を言うなり、池井の表情が、再び陰った。

「念のため、お尋ねしますが……装束のことも、お聞き及びですか」

「装束？」

「同じ組の四人は、同じ襲色目《かさねいろめ》の衣で揃えると……」

「あ？」

聞いていない。利雅はそんなこと、ひと言も告げなかった。

「……あいつめ……」

そうだった。利雅が、そんなに親切に自分にものを教えるはずがないのだ。

思わず額を押さえた雅遠を、池井が気の毒そうに見上げる。

「五位蔵人どのは、そのことまでは……」

「……言ってない」

蹴鞠をするなら狩衣を着るという、それは常識の範囲だとしても、皆が同じ色目で揃えるなど、そんな決まりはない。

肝心なことを伝えなければ、結局恥をかくのは同じことだというのに、利雅も、いったい何を考えているのか。

「何だってそんな面倒な決め事……」

「……ただの、頭中将の思いつきのようでしたが……」

余計なことを考えついたものだ。その色目の衣を持っていればいいが、急に仕立てなくてはならない者も、いるだろうに。

「あー……とにかく、おまえのおかげで助かった。明日までには何とかできるだろ」

これから利雅以外の同じ組の者を捜して、何を着ればいいのか尋ねなくてはならないが。

「あの、おそらく、橘《たちばなの》宰相の御子息が、雅遠どのと同じ組ではないかと……」

「うん？」

「頭中将たちが、組分けを話し合っているのを、耳にしました。はっきりとそうだとは申せませんが、橘の子と同じでいいとか何とか……」

「……実春《さねはる》か」

捜す手間が省けた。

参議の橘某は、左大臣派だ。どうせ、左大臣派と右大臣派を一緒の組にはしないのだろうから、橘の息子を自分と同じ組に配しても、おかしくはない。しかもその橘の息子に間違いなければ、それはもともと雅遠の友人でもある男だ。話は尋ねやすい。

「――今度、酒でも馳走《ちそう》する。早く治せよ」

池井の背を軽く叩いて、雅遠は駆け出した。まずは急いで帰って、橘の家に使いをやらなくてはならない。

白河の別邸は、のんびりとした日々に戻っていた。

簀子の日だまりで、瑠璃と玻璃が足を投げ出して寝そべり、淡路と葛葉は、廂で並んで、双六に興じている。

詞子は部屋の中で、文机の前に座り、いつもは雅遠に譲っている脇息にもたれ、何となくぼんやりしていた。

風に木々がざわめく音や、鳥たちの声に、ただ耳を傾けて。

……前も、よくこうしていたわね。

屋敷の片隅でひっそりと、何をするでもなく、格子の隙間から見える空を見上げ、小鳥のさえずりに紛れて聞こえてくる、艶子や女房たちの笑い声を聞いていた。そして、そんな日が明日も明後日《あさって》も、繰り返すのだと――

あたりまえだった日々が、いまは、ずいぶん昔のことに思える。そう思えるようになっていた。……ほんの半年ほど前のことなのに。

寝そべっていた瑠璃と玻璃が、ほとんど同時に頭を持ち上げた。瑠璃はそのまま体を起こし、玻璃もひと声、短く鳴く。

庭に何か見つけたのかと思っている間に、砂を踏む足音が近づいてきた。二人歩いているようだが、あの足音は、どちらも雅遠ではない。

「……」

庭先に現れたのは、朱華と、墨染めの衣を着た若い僧侶だった。淡路と葛葉もそれに気づき、揃って立ち上がる。

「朱華、そちらのお坊様は……」

「爽信様です」

「……爽信様？」

かつて艶子に恋をし、思い余ってその身をさらおうとして、後に罪を悔いて出家した、もとは坂川信材《さかがわののぶき》という、雅楽寮《ががくりよう》の使部《つかいべ》だった者。

いまはこの近所に、爽楽という僧の世話をしながら住んでいるのは、雅遠から聞いている。しかし、顔を見るのは初めてだった。以前に一度見たのは——艶子を連れ去ろうとしたときの、鬼を模した姿。

御簾越しに見ていると、爽信は丁寧に頭を下げ、そして顔を上げた。

「突然お邪魔しまして、申し訳ございませぬ。こちらの姫君にお話ししたきことがございまして、朱華に頼み、お伺いしました」

淡路と葛葉が、詞子を振り返って判断を仰ぐ。

「わたくしも、まだ先日のお礼をお伝えしていなかったわ。そこまでお通しして」

「では、わたしが……」

うなずいて、淡路が御簾をくぐり、爽信の前に出た。

「――どうぞ、こちらまでお上がりください」

「いえいえ、とんでもございませぬ」

「でも、そこではお話が遠いでしょう」

「……それでは、ここから失礼いたします」

簀子には上がろうとはしなかったが、爽信は階の下まで歩み寄り、そこで立ち止まった。詞子も少し、御簾のほうに膝を進める。

「先日は、女御様の送迎に付き添っていただきまして、ありがとうございます。何分こちらは人手が足りず、御厄介をおかけいたしました」

「いや、あのくらいはお安い御用です。お役に立てて何よりでした」

「わたくしにお話とのことですが、その前に、ひとつお尋ねしてもよろしいでしょうか」

爽信に会うことがあったら、まず確かめたいと、前々から思っていることがあった。

「はい、何でございますか」

「……お怪我の具合は、いかがにございましょう」

「怪我？」

「わたくしが射た、矢の……」

葛葉と、簀子に出ている淡路が、はっとして詞子を見る。

しかし爽信は、さらに驚いたように、目を大きく見開いていた。

「……そういえば、そんなこともありましたが……」

さらわれかけていた艶子を助けるため、詞子は、そのときは信材だった爽信に矢を射かけて、足に傷を負わせていた。かすり傷だったとは聞いていたが。

「私はすっかり忘れておりました。本当にかすっただけですので、いまでは傷痕すら、あるのかないのか……その程度にございます」

「そう……ですか」

「むしろ私には、あれは正気に戻る、良き薬にございました。ですから、もうお気にされることはございませぬ」

爽信は穏やかにそう言って、それよりも、と続けた。

「むしろ私のほうこそ、お気に障るものを差し上げてしまったようで」

「……あ」

韓藍のことだ。まだ、硯箱の中に入れたままになっている。

「雅遠どのより伺いました。何でも、姫君に呪いをかけた女人の名だったとか。知らぬことだったとは申せ、御不快でしたでしょう」

「いいえ……そのようなことは」

そういえば、この爽信が恋した艶子こそ、韓藍の女の娘だ。

葛葉が眉をひそめて詞子の様子をうかがっている。それに微笑み返して、詞子は御簾の向こうの外を見た。明るい。

「爽信様にも、少しばかり、御縁のある話かもしれませんね。……その女人は、わたくしの妹の、実の母でございます」

「……中の君の？」

「わたくしの実の母は、前の中務卿宮《なかつかさきようのみや》の娘ですが、いまは、わたくしと妹は、呪いのために立場を入れ替えられていますので、わたくしが韓藍の女の娘、ということになっておりますが……」

少し冷たい、しかし乾いた風が、隙間から吹きこんでくる。

天が曇って薄暗く、秋にしてはやけに蒸し暑かったあの日とは、何もかも違う日。

「その女人のことは、子供だったわたくしには、あまり良い思い出ではありませんでした。たしかにそれを思い起こしはしましたが、花に罪はございませんね。韓藍は、ありがたく染め物に使わせていただきます」

「……」

爽信は、少しのあいだ何か考えこんでいた。

「韓藍……の、女……とやらが」

「……はい？」

「いえ。……姫君、不躾《ぶしつけ》ではございますが、私にその女人の供養をさせていただけますか」

「え？」

詞子は思わず葛葉と顔を見合わせ、淡路も簀子から身を乗り出すようにして、爽信を見ていた。

「供養……ですか？」

「亡くなられていると伺いましたが」

「え、ええ」

「私も僧侶の端くれでございますので、読経《どきょう》ぐらいは」

「……」

「中の君の母君であり、いまは姫君の母君とされている方でしたら、たしかに私にも少しは御縁があると申せましょう。いかがですか」

川の流れる音が――聞こえた気がした。

韓藍の女の血を浴びた自分を、祖父である前の中務卿宮は、川辺に連れていった。

呪いも穢《けが》れも、すべて水に流すのだと言っていたが、結局、何も祓《はら》うことができなかった。

それがわかったとき、祖父がつぶやいたことを憶えている。魂を鎮めなければ——と。

あれは、このことだったのだろうか。韓藍の女を供養し、魂を鎮めなくてはならないという。しかし、祖父はほどなく亡くなった。最も韓藍の女を供養してやらねばならないはずの父も、女の供養をしたとは聞いていないが。

……いまは、わたくしの母……。

この身に呪いをかけた、恐ろしい女。

呪いのせいで、ずっと肩身の狭い暮らしを強いられ、とうとう家を追い出された。

「……」

小鳥のさえずり。心地いい風。

静かで、明るい庭。

ここは二条の屋敷より、ずっと住みやすい。

そしていまは、待ちびとさえいる。

あの家を出なければ、きっと出逢えなかった。呪いを持っていなければ、ここに来ることもなく、出逢うことはできなかったのだ。

「供養を、お願いいたします」

はっきりとした口調で、詞子は爽信に告げていた。

葛葉が、苦い表情で眉根を寄せている。

「よろしいんですか、姫様。あんな女の供養なんて」

「だって、もしかしたら、いままで供養しなかったのが、いけなかったのかもしれないじゃない？」

「……そうですか？」

「それに、艶子は本当の母を憶えていないでしょう。それなら、わたくしがやらなくては、他に誰も供養する者がいないわ」

御簾の向こうで、淡路がおっとり苦笑した。

「たしかに、二条の殿も忘れておいででしょうしねぇ……」

「ええ」

詞子は、ほっと笑みを浮かべる。

「この秋で、ちょうど年もひとまわりだもの。いい機会だから、お頼みしましょう。淡路、おまえが爽信様と詳しくお話ししてくれるかしら」

「はい、はい。——では、あちらにおいでくださいますか。朱華、御案内して……」

うなずいて、淡路が立ち上がった。爽信は詞子に一礼して、朱華について、庭から出ていく。葛葉は呆れた顔で、大きなため息をついた。

「……どうしてこう、うちの姫様は人が好いんでしょうね」

「おまえには、よく言われるわね」

「言いたくもなります。我儘姫に立場を譲って、おかしな公達を出入りさせて、しゃべってばかりの女御を預かって……」

葛葉も腰を上げ、勝負途中の双六盤を、崩さないように部屋の奥に運んでいく。

「それは、わたくしがお人好《ひとよ》しだからなの？」

「そうですよ。……そもそも十三年前に、どこの馬の骨とも知れない小娘を引き取ってしまったときから、姫様はお人好しです」

詞子は脇息にもたれながら、小首を傾げた。

「あら、わたくしが引き取ったのは、馬の骨ではなくて、狐《きつね》の子よ？」

「どっちでも同じですよ」

「全然違うわ。骨はわたくしについてきてくれないもの」

にこりと笑うと、葛葉は呆れたような顔で、さらに大きなため息をつく。

「……それで、いただいた韓藍はどうされるんですか、お人好しの姫様？」

「端切れを染めたいわね。小物の入る袋でも作るわ」

「用意しておきますよ」

「いまから始めるには、今日は遅いわね。明日中でいいわ」

そういえば、もう昼をとうに過ぎているが、まだ雅遠は姿を見せない。別に今日来るとか、そういった約束はないが、用があれば事前に言われるし、宿直の日でもなかったはずだ。

「それより、喉が渇いたから、白湯を持ってきてくれるかしら」

「はい、ただいま」

しばらく耳を澄ませたが、蹄の音は聞こえてこない。何か急用でもできたのだろう。

詞子は軽く息をつき、硯箱の蓋を開けた。


そのころ四条の左大臣邸西の対では、雅遠と保名が、揃って暗い顔をしていた。

池井から蹴鞠の装束について知らされ、すぐ帰宅して参議の橘家に使いをやったところ、蹴鞠に参加するのは、やはり以前からの雅遠の友人である橘実春で、実春は快く、日時に場所、組分けから各組の装束まで、明日の子細を教えてくれた。

そこまではよかったのだが、問題はその後だった。

同組の四人は、揃いの襲色目の狩衣を着用のこと、ただし単と指貫《さしぬき》の色は各々に任せる、となっており、雅遠、利雅、そして橘宰相の息子と民部少輔《みんぶのしょう》の組は、蘇芳菊の襲が指定されている。

蘇芳菊——表が白、裏地に濃蘇芳《こきすおう》の色目である。

すでに仕立てられた雅遠の狩衣の中に、この色目のものはなかったものの、白は染めていない布だから、そのまま使えばいいだけのことだし、まだ裁断していない蘇芳で染めた布もあったので、これで縫い上げれば、それで事は済むと思われていたのだが。

「……いま、うちにはろくな縫い手がいないってこと、忘れてたな」

「忘れてましたねぇ……」

部屋の奥では、明日の朝までに仕上げるようにと、雅遠に厳命された数人の女房が、どれを切ったの指を針で刺したのと、大騒ぎをしている。あとはやっておけと、任せて白河に行くには、あまりにおぼつかない女房らの有様に、雅遠と保名は仕方なく、四条西の対で、様子をうかがっていた。

「それにしても、あの人数でやってるんだから、あんなに焦ることもないだろ。時間があれば、そこそこの出来にはなるんじゃなかったか？」

片膝を抱え、廂の柱に寄りかかっている雅遠が、保名を振り返る。保名は横目で奥の騒ぎを見ながら、少し身を屈め、声をひそめた。

「あのくらいの人数なら、三日もあれば、そこそこの出来になるとは思いますけど」

「三日ぁ？」

「いままでも、一枚にそのくらいの時間はかかってたんですよ」

「……何だと？」

冗談かと思ったが、保名は真顔である。雅遠は、ぽかりと口を開けてしまった。

「いままで雅遠様の装束を仕立てていた女房が、二人とも辞めてから、まだひと月ほどしか経ってませんよね。このひと月で、残った女房たちが新しく作った雅遠様の衣装は、全部で単が二枚だけなんです」

「……」

「御存じなかったでしょう？」

知らなかった。

「雅遠様は、雨でも構わず馬に乗りますからね。生地がすぐ傷みますので、まめに衣を新調しなくてはいけないんですが、このままでは、着るものがなくなってしまうかも……」

「……おい」

雅遠の頬が、微かに引きつった。

「ちょっと待て。それでも三日で一枚縫えるなら、何でひと月で二枚しかないんだ？」

「つまり、ここの女房たちは、縫い物そのものが好きじゃないんですよ。だから嫌がって、やりたがらないんです」

それでようやく、単が二枚。

雅遠は額を押さえる。

「どうしてよりによって、そんな女房しか残ってないんだ……」

「それは雅遠様が、やかましいのは嫌だって仰って、女房をどんどん減らしてしまったからですよ。数が減れば、いい女房も減ります」

「……」

そもそもの原因は、自分だったらしい。

「それにしたって、自分たちが着るものもあるだろう」

「自分たちが着るものは、文句も言わずに、気長に縫ってますよ」

「……あー、そんなところだけはしっかりしてるわけか」

自邸の女房に、さして関心を払っていなかったのは自分が悪かったが、それにしても、このままでは先が危ぶまれる。母に頼んで、縫い物の得意な女房を都合してもらおうかと考えて、ふと保名に目をやると、保名は色合いもいい、縫い目もしっかりした狩衣を着ている。

「……おまえは何で、そんなにいいものを着てるんだ？」

「これですか？　これは葛葉さんが仕立ててくれましたから」

「あ？」

保名は満面の笑みで、得意げに両袖を広げてみせた。表が朽葉《くちば》、裏が黄色の、櫨《はじ》の襲である。

「いえね、このあいだ、ここの女房が仕立てた狩衣で白河に行きましたら、葛葉さんが、それは針目が曲がっておかしいから、縫ってあげますと」

「……」

「助かりました。あちらは皆さん、縫い物がお上手ですよねぇ」

嬉しそうな保名とは裏腹に、雅遠はますます暗い顔で、肩を落とす。

「いいよな、おまえは……。恋人が仕立ててくれたって言ったって、こっちの女房に怪しまれることもないんだからなー……」

「あ」

保名はここでようやく、いまの雅遠にしてはいけない自慢だったと気づいたが、時すでに遅く、雅遠は恨めしそうな目で保名を見ていた。

「俺だってな、頼めるもんなら、全部白河に頼みたいさ。けどな、あっちが遠慮するんだ。こっちで仕立てたものと違うのは、見ればわかるからって……」

「あー、えーと、その、ちょっと様子見てきますから……」

雅遠の非難めいた愚痴に、保名は慌てて立ち上がり、奥へと走っていく。

柱にもたれて、雅遠は嘆息した。

保名にやつあたりしてみたところで、どうにもならないのはわかっている。保名がどこに通ってどんな恋人を作ろうと、それほど関心は持たれないだろうが、自分の場合は――

「ま……雅遠様、雅遠様!!」

行ったと思った保名が、すぐに戻ってきた。その手には、蘇芳の布が握られている。

「どうかしたかー?」

「これを……これを、ちょっと」

失礼しますと言って、保名が雅遠の背に、布を当てた。丈を測っているらしい。

「……やっぱり」

「うん?」

「短すぎます」

保名の顔は、心なしか青い。

「何だ?」

「寸法を間違えて布を裁ってるんですよ。雅遠様は背丈がありますから、大きめに作るようにと、いつも言ってあるのに……」

「……」

「蘇芳の布、これしかないんです」

ゆっくりと、雅遠は身を乗り出した。

「作れないってことか」

「作ったとしても、雅遠様の身の丈には足りないと思います」

「……そうか」

何だか力が抜けて、怒る気も起きなかった。……結局、どう足掻《あが》いても、明日は恥をかくしかないということなのかもしれない。

しかし保名はまだ青い顔で、雅遠と、寸足らずに裁断された布を、交互に見比べていた。目の隅には、部屋の奥に置かれた衝立の向こうから、こちらをうかがっている女房たちの姿が見えている。

「これから寝殿に行って、母宮様に布を分けていただきましょうか」

「……」

蘇芳の布。――濃い、赤の色。

あげたはずだ。好きなように染めて、好きなものを縫えばいいと。

「保名」

「は、はいっ」

「白い布を持ってこい。厩《うまや》で待ってるから」

「は？」

「ふた月ぐらい前に、蘇芳の木を持っていった」

「……」

白河に。

保名は大きく目を開き、息を吸って、力強くうなずいた。

「雅遠様はお先に行ってください。私もすぐ用意して、後から」

「わかった。頼んだぞ」

保名の肩を叩いて、雅遠はそのまま簀子に出て階を下り、庭から厩へ向かう。

……これで駄目なら、潔く笑い物になるだけだ。

白河に行けば、桜姫がいる。

今回は、遠慮してもらっては困るのだ。


詞子は、広げていた絵巻物が見づらくなっているのに気づき、顔を上げた。外の景色は朱に染まり、部屋の中は薄暗くなっていた。もう、日が暮れるころだったのだ。

絵巻を巻き直して文机に置き、もう一度外を見た。やはり今日は、雅遠は来ないようだ。そう思ったとき、いつもの蹄の音が近づいてきた。

「――おいでになりましたねぇ」

「遅いですよ」

几帳の向こうで、昼間の双六の続きをしていた淡路と葛葉が、声をかけてくる。

詞子は笑みを浮かべ、小袿の襟元を整えながら、廂に出て座り直した。

「姫様、灯りをお点けしましょうか」

「そうね、そろそろ……」

珍しく馬のいななきが聞こえたかと思うと、ほどなく雅遠が、庭を走ってやってきた。ひどく急いでいる様子で、階でぞんざいに沓《くつ》を脱ぎ捨てて、簀子に駆け上がってくる。

「おいでなさいませ……？」

すべりこむようにして御簾をくぐってきた雅遠に、詞子はつい、首を傾げてしまったが。

「……頼みがある」

「はい？」

「明日の午の刻に間に合うように、俺の狩衣を縫ってくれ。色は表が白、裏が蘇芳の蘇芳菊の襲。ただし、ここに蘇芳の布があればの話なんだが――」

雅遠は微かに、肩で息をしている。よほど急いで来たのだ。

御簾をくぐった格好のまま、床に片手をつき身を乗り出している雅遠に、詞子は少し膝を進め、落ち着いた声で返事をした。

「蘇芳で染めた布でしたら、ございます」

「あるか」

「はい。……ですが、何かあったのですか？」

「明日の午の刻、御所で蹴鞠をやることになったんだが、同じ組の者は、同じ襲色目の装束を着なくちゃならないんだ。それで、俺は蘇芳菊になった」

「……そういう決まりなのですか？」

あえて穏やかに、ゆったりとしゃべると、雅遠も落ち着きを取り戻したのか、ほっと息をつき、腰を下ろした。

「いや……本来なら何の色を着たっていいんだが、右大臣の息子が言い出して、急にそうなったらしい。それで、四条の女房に仕立てさせようとしたんだが、間違った寸法で布を裁って、どうにもならなくなった」

「……まぁ」

そういえば、このあいだ縫い物の得意な女房が辞めてしまったと、聞いたばかりだ。

「それはお困りでしたでしょう」

「困ってるんだ」

そう言いつつも、雅遠の表情は、困っているようには見えない。むしろ何かを期待するような、これから愉快なことでも起きようとしているかのような――

「……同じ組の方々は、お揃いの色目なのですね？」

「そうだ」

「単と指貫は……」

「それは何でもいいらしい。ただ、狩衣だけは、とにかく蘇芳菊なんだ」

そこで雅遠は、少し苦い顔で笑った。

「右大臣の息子がな、どうしても俺に恥をかかせたいらしい。俺には競馬があるから出ろと言ってきた。後で弟の利雅が、本当は蹴鞠だと教えてくれたはいいが、こいつも俺が嫌いなもんだから、装束のことは何も言わずじまいだ」

「では……」

「親切な小舎人が、わざわざ装束のことまで知らせてくれなければ、俺はどっちにしろ、恥をかくことになってた」

「……」

「そのうえ帰ってみれば、この有様だ」

せっかく恥をかかずにすむところを、四条では、蘇芳菊の狩衣が作れない、と。

それで、ここに来た。

「わかりました」

詞子はにこりと笑い、そして、淡路と葛葉を振り返った。

「――葛葉、このあいだ染めた中から、わたくしのぶんの蘇芳の布を」

「はい」

「淡路は、糊《のり》と紙を用意して」

「かしこまりました」

詞子の指示で、二人はすぐに動き出す。詞子も部屋の中に戻り、燭台の下に縫い物の道具を持ってきた。ほどなく淡路と葛葉も、必要なものを持って戻ってくる。

「淡路、まだ染めていない布の中から、一番いいものを」

「見てまいります」

「あ、待て。白の布なら、追っつけ保名が持ってくるはずだ」

「では、先に蘇芳から裁ちましょう。葛葉はそちらを押さえて」

濃い蘇芳の布に、手早く鋏《はさみ》を入れていくと、近くの柱に寄りかかって座り、立てた膝に顎を乗せて、すっかり見物の構えだった雅遠が、驚いたように背筋を伸ばした。

「いきなり裁っていいのか？」

「あなた様の寸法でしたら、もう測らずともわかっております」

詞子は一度手を止め、雅遠をちらと見て、微笑んでみせる。

「どうぞ御安心くださいませ。これまでで一番、上手に仕立ててさしあげますから」

「……頼もしいな」

当然だ。雅遠の役に立てるのだから。

詞子は笑みを浮かべたまま、また布に向き直った。


閉じた瞼の裏で、何か赤いものが揺れた気がして、雅遠は目を開けた。燭台の炎が、小さく震えながらあたりを照らしている。

灯りの下では、桜姫が一心に針を動かしていた。その姿は、雅遠がうたた寝をする前と、まったく変わっていない。

もうすっかり、夜は更けているはずだ。暗闇の中、桜姫の白い横顔に、小さな火によって作られた影が揺れる。

それは、まるで何かと戦うような、強い表情だった。──強くて、美しい。

「……まだ、朝ではございませんよ」

いつ雅遠が起きた気配を察していたのか、桜姫がささやくように言った。

「俺も起きてるつもりだったんだがな……」

「あなた様はお休みください。わたくしは、明日の昼間にでも休めるのですから」

手枕で横になっていた雅遠は、頭だけ起こして、あたりをうかがう。

「……淡路と葛葉は？」

「先に休ませました」

いつのまにか、雅遠の体には、単が掛けられていた。もしかすると、うたた寝ではなく、だいぶ寝入っていたのだろうか。

「……独りでいいのか？」

「はい」

桜姫は手元から目を外さないまま、わずかに唇をほころばせた。

「あとは独りで仕上げさせてほしいと、わたくしが二人に頼みました」

「……」

「これは、わたくしの我儘です」

雅遠が着るものだから。

理由は、訊かなくてもわかる。

雅遠は苦笑して、また横になった。

「……じゃあ、今夜は俺が我慢するか」

「え？」

「滅多に言わない、そなたの我儘だからな。一緒に寝たかったんだが、我慢する」

「……」

そこで初めて、桜姫は手を止め、雅遠を見た。やさしい笑みに、ほんの少し、困ったような表情がまじっている。

「また……明日の晩に……」

「そうだな。明日な」

桜姫が、再び縫い物に戻った。

その横顔は、さっきより幾分穏やかに見え、やはり美しかった。

＊＊　　＊＊　　＊＊

午の刻——色鮮やかな狩衣を身にまとった公達、殿上人らが、仁寿殿の東廂に集い、各々支度をし、談笑しながら、蹴鞠が始まるのを待っていた。

その人々の中を、雅遠も顔見知りに挨拶をしながら、ゆったりと進み、端近《はしぢか》に出て、庭に設《しつら》えられた鞠場を見まわした。四隅に植えられた松に桜、柳、楓は、どれもいまだ背の低い若木で、桜などはやや傾いており、いかにも急ごしらえに見える。

ふいに幾つもの甲高い笑い声が響いて、振り返ると、ちょうど藤原善勝が、いつもの取り巻きと揃いの色目の装束で、廂に現れたところだった。

善勝らは、右大臣派と思われる公達らの会釈を受けながら、いかにも機嫌のいい顔で、人々が遠慮して空けた通り道の真ん中を、当然のように歩いてくる。

「……」

なるほど、と思った。

いま、権力は右大臣派と左大臣派に二分されているとは言われているが、この場を見る限り、優勢なのは右大臣派だ。何故なら、右大臣の跡取り息子はすでに頭中将まで出世し、善勝個人としても、大きな顔をしていられるからである。

対する左大臣の跡取り息子——一応は自分ということになってはいるが、こちらはまだ、ようやく見習いの身分だ。善勝と自分では年齢差があるとはいえ、それを差し引いても、出世の速さにはかなりの違いがある。

次の世代に目を向ければ、どちらに媚《こび》を売るほうが得策か。

……どう考えたって、あっちだよな。

雅遠は黙って、そのままそこに立っていた。

悠然と腕を組み、唇に薄く笑みを浮かべ、近づいてくる耳障りな話し声に気づかぬふりで、傾いた桜の若木を見つめて。

やがて男にしては高い声がすぐ側で聞こえ——そして、ぱったりと途切れた。

そこで初めて気づいたかのように、雅遠は肩越しに後ろを見やる。

場所も装束も違《たが》えることなく現れた雅遠の姿を目の当たりにして、善勝以下数名が、何とも言えない顔で黙りこんでいた。

「……ああ、どうも、頭中将。いい天気でよかったですね」

あまりにもありふれた挨拶に返事もせず、善勝は無言で、雅遠の格好を上から下まで眺めまわしている。

「どうかされましたか、頭中将」

「……」

「私の格好に、何かおかしなところでも？　お伺いしたとおりに支度してまいりましたが」

薄い表地の白に、裏の濃い蘇芳の色が透けた、蘇芳菊の襲の狩衣の、襟元からは鮮やかな黄の単が覗き、萌黄色《もえぎいろ》の指貫と合わせた、秋の装束。……すべて、桜姫が用意してくれたものだ。

今日は特別だと、衣に焚《た》きしめてくれた香は微かに甘く、あの可愛らしい小さな体を抱きしめたときと同じ匂いが鼻先に漂う。

落ち着き払った雅遠の様子とは反対に、善勝の蛇のような細く生白い顔は、みるみる朱に染まっていた。怒りだろうか、口元が震えている。

「……鞠は、わりと好きでしてね。今日は違う組で残念ですが、機会がありましたら一度、頭中将とも、ぜひ御一緒に」

「あ……ああ」

本音では一緒にやりたいなどと微塵《みじん》も思っていないが、お愛想でそう言ってやると、ようやく善勝は、うめくような返事をした。

雅遠は軽く会釈をして、善勝を残し、静かにその場から立ち去った。

……ま、俺もずいぶん甘く見られてたってことなんだろうな。

偽の行事を教えたとしても、雅遠が誰か別の者に確認をとってしまえば、すぐに嘘だとわかってしまう。それを、この程度で引っかけられるつもりでいたならば、善勝は相当、雅遠を軽んじていたということだろう。

「雅遠——」

廂の端で、誰かが手を振った。同じ蘇芳菊の狩衣が、三人揃って座っている。利雅と民部少輔、そして雅遠に手招きしている、橘宰相の息子、実春だった。

利雅は目を吊り上げてこちらを見ている。……そういえば、雅遠を引っかけようとしていた者が、ここにもう一人いたのだ。

「実春、昨日はありがとう。助かった」

まずは実春の肩を叩くと、年は雅遠より二つ上の十八歳の、いかにも真面目そうな面差しをした公達は、笑顔を返してきた。

「あれくらい、何ということもないよ。それより今日は頼りにしているよ。知ってのとおり、私は蹴鞠も苦手だから」

「それだって、馬や弓よりは得意だろ。——御無沙汰しております、民部少輔。お元気でしたか。しばらく具合を悪くされていたと伺いましたが」

「いやぁ、どうも私は夏に弱いもので、毎年のことです。今日は私もお頼みしますよ」

こちらも顔見知りという程度の民部少輔だが、右大臣派ではないため、敵意もなく挨拶を済ませ、雅遠は利雅のほうを見た。

「……おまえは、蹴鞠も得意だったよな？　そう父上から聞いたが」

「え——ええ、まぁ」

利雅は返事をしたものの、雅遠とは目を合わせず、露骨に明後日のほうを向いてしまう。

「私は、大抵のものは、それなりにやれますよ」

「そりゃ頼もしい」

言いながら、雅遠も民部少輔の横に腰を下ろした。

利雅が自分を嫌っているのは百も承知だし、別にあえて好かれようとも思っていない。だから、装束のことを知らせなかったからといって、ここで恨み言を吐くつもりもない。このことは済んだことと思って、こちらが水に流して終わりにしてしまえばいいだろう。

……一応、弟だからな。

好き嫌いがあるとしても、身内とまで善勝と同じように敵対する必要はない。と、思う。

東廂には次第に人が増え、よく見ると奥の間から、どこかの女房と思《おぼ》しき者たちが、次々と現れては引っこみ、また顔を出している。そういえば向かいの綾綺殿《りょうきでん》の西廂でも、御簾の内で人影が動いている様子だ。見物衆が集まってきたらしい。

気がつくと、民部少輔が首を伸ばすようにして、しきりに利雅の背後を覗こうとしている。

「……どうかされましたか」

「いやぁ、五位蔵人は、後ろに何を持っておられるのかと……」

「あ？」

「べ、別に何も」

利雅が慌てて民部少輔の目から隠そうと、背中に押しこんだものを、隣りにいた実春が、あっさり見つけてしまった。

「おや、蘇芳菊の狩衣。五位蔵人は、装束をもうひと揃え、持ってこられたのですか」

「なっ——」

利雅は一瞬で赤面し、なおもそれを隠そうとしながら、実春をにらむ。

「こ、これは……予備です！」

「そうです！　ふ、不測の事態で、汚れたりしては、みっともないでしょうっ」

「それは何とも、周到な……」

実春が苦笑いをし、雅遠も思わず口をぽかりと開けてしまった。

「利雅、おまえずいぶん慎重なんだな……」

「い……いいでしょう別に！」

「そりゃ、用意がいいのはいいけどな」

「しかし予備まで用意できるとは、うらやましいですなぁ。私なんぞは、急に揃いの装束と言われましても、正直困りましてな。どうにか仕立てはしましたが、これなど、蘇芳というより濃赤《こきあか》のようなもので……」

民部少輔が、狩衣の袖口をめくってみせる。実春も笑って、同じように袖口から裏地を見せた。

「ああ、私もですよ。ほら、だいぶ前に染めた布しかなくて、褪せているんです。もう何日かでも早く知らせてもらえたら支度もできたでしょうが、昨日の今日では、それらしく作るので、やっとでした」

「頭中将も、いったい何の思いつきで言い出されたのですかなぁ」

やはり急な催しだったのだ。自分一人に嫌がらせをするならまだしも、これでは他の者にまで、迷惑な話である。

「それにしても、雅遠どのはさすが見事なものを着ておられますな」

「そう、私もそう思っていたんだ。特にこの蘇芳の染めと、整った縫い目が素晴らしいね。縫い手が替わったかい？　いつも着ているのより、もっといいよ」

「そう——です、か」

思わず、そうだろう、と答えそうになって、雅遠は慌てて語尾を変えた。実春と民部少輔は、嫌みのない笑顔で、そうだそうですと、うなずき合っている。

「……」

以前は、自分の着ているものの色も縫い目も、さして気に留めることなどなかった。そういったことに目が向くようになったのは、白河で用意された衣に袖を通すと、四条であつらえたものとは、何か違うように思えたからなのだが。

……丁寧、だよな。たしかに。

ひと晩で作り上げられた雅遠の衣は、もちろん四条の女房らが渋々仕立てたものとは比べるべくもないが、それにしても、実春や民部少輔の着ているもの、あるいは利雅の衣と見比べても、決して劣ってなどいない。むしろ自慢できるぐらいだ。

「それくらいのものを用意するのは、当然でしょう」

雅遠の装束が褒められるのを聞いて、利雅が不機嫌そうに顎を上げる。

「貴殿にあまりみっともない格好をされては、私まで恥をかきますからね」

「……いや、俺の格好はおまえと関係ないだろ」

「今後もせいぜい、気をつけるように。いいですねっ？」

怒ったような口調で一方的に言い切って、利雅は立ち上がると、丸めた予備の狩衣を小脇に抱え、どこかに歩いていってしまった。

「……仲、お悪いんでしたかな？」

「あー、まぁ、そうですね」

「大変だな、いつも……」

民部少輔と実春は、同情するような目で雅遠を見ている。

装束のことを教えなかったのは、嫌いな兄に恥をかかせたかったからではないのだろうか。それなのに、恥をかくから格好に気をつけろとは、相変わらず、あの弟はよくわからない。

……ま、どうでもいいか。

場所も間違えず、桜姫のおかげで装束も間に合ったのだ。

おそらく、雅遠に恥をかかせることができなかった善勝は、ますます敵視してくるだろう。利雅も、装束の意図はよくわからないにしても、面白くなく思っていることは、確かなようだ。

でも、それもどうでもいい。

誰にどんな恨みを受けようと、それがどれほど理不尽なものであろうと、自分はただ、かかる火の粉は振り払い、迷わず前に進むだけだ。

大切なものを守るために——

「ああ、そろそろ始まるようですよ」

「行きますかな」

同組の二人に促され、雅遠も腰を上げた。

今日の蹴鞠は、調子よくやれそうな気がする。


廂に置いてある円座《わろうだ》に頭を乗せ、雅遠は、先ほどから軽い寝息を立てている。

詞子が今朝までかかって仕立てた蘇芳菊の狩衣を着たままで、雅遠が白河にやって来たのは、日暮れ前だった。幾人もから装束を褒められたこと、蹴鞠もうまくいって、途中から見物に来た帝にも称賛されたことなどを話し、疲れたから少し寝る、と言って、横になっている。

詞子は文机の上を片付けながら、雅遠の寝顔を眺めていた。

傍らの衝立に、蘇芳菊の狩衣が掛かっている。いつもは脱いだ衣など、ぞんざいに放っておく雅遠が、さっき寝転ぶ前に、自分で丁寧に掛けていたのだ。

「……」

二条にいたころ——よく淡路と葛葉が、他の女房たちから、染め物、縫い物の仕事を押しつけられていた。

同じ屋敷の女房なのに、鬼姫に仕えている女房だからと、二人まで蔑まれていたのである。断れば食事を減らされるため、二人とも、押しつけられた仕事をこなすしかなかったのだが、外との交わりを禁じられ、することもなかった詞子はいつも、早く仕立てろと急《せ》かされていた二人の仕事を、こっそりと手伝っていた。

褒められたという縫い物の腕前は、そうやって培ったものだ。それがこのような形で、雅遠の役に立った。

……何が幸いするか、わからないものね。

詞子は文机に頬杖をつき、目を細めた。少し口を開き、両手足を床に投げ出している雅遠の寝姿は、安心しきったような様子である。

そこに、簀子から瑠璃と玻璃が上がってきた。玻璃はおとなしく雅遠を迂回して、奥へと歩いていったが、瑠璃は寝ている雅遠を一瞥すると、鼻を鳴らし、その腹をのしのしと踏みつけて、そのまま通り過ぎていく。

「あ、こらっ……」

詞子が叱ると、瑠璃はさっさと、玻璃の後を追いかけていってしまった。容赦なく踏まれた雅遠は、顔をしかめて起き上がる。

「……虎に踏まれた夢を見たような……」

「瑠璃です。すみません、起こしてしまって……」

「あー、あいつの仕業か……」

雅遠は大きく伸びをしながら、あくびをして、あたりを見まわした。もう日が沈んでいるので、部屋は暗く、灯りを点けてある。

「……俺、ずいぶん寝てたのか？」

「それほどでも……。寒くはございませんか？」

「うーん……」

雅遠はまだちょっと眠そうな顔で、詞子のところへ這い寄ってきた。

「……何してたんだ？」

「硯箱の整理を。……今日の昼間、爽信様にいただきました韓藍を出して、端切れを染めましたので」

「韓藍？　……使ったのか」

眉間に皺を刻んだしかめっつらで、目を擦《こす》り、雅遠が唸るように言う。

「……供養を、お願いしました」

「韓藍の……あの人の、供養です。爽信様に、お頼みして……」

「うん？」

「……」

雅遠の表情は、何故、と問いたそうだった。

「いま、わたくしの立場は、あの人の娘ですから」

「……娘だから、母の供養をするのか？　そなたもずいぶん人が好いな。自分を呪った女なんかに……」

「あの人はわたくしが憎いかもしれませんが、わたくしのほうは、憎く思えるほど、あの人をよく知りません」

知っているのは、その哀しさと、娘を想う必死さだけ。

詞子は手を伸ばし、雅遠のほつれた鬢《びん》の毛を、そっと整える。

「あの人がわたくしを呪わなければ……わたくしは、あなた様には逢えませんでした」

「……」

「それに気がついてからは、むしろ、感謝をしたくなりました」

微笑んでみせると、雅遠は一瞬、拍子抜けしたような、情けない顔になり——そうして、ため息まじりに苦笑し、詞子を背中から抱きしめてきた。

「韓藍の女も、いまごろ呆れてるぞ。呪ったかいがないって」

「……そうかもしれませんね」

あれから、十二年。

青い葉が季節を経て赤く色を変えるように、時が過ぎるということは、知らないうちに、何かが変わっていくことなのかもしれない。

詞子は雅遠の手に、手を重ねた。

「今日は……泊まっていって、くださいますか」

「もちろん泊まる——」

言いかけて、雅遠が、詞子の顔を覗きこむ。

「……その言い方、いつもと違うな」

「そうでしたか？」

「まるで、俺に泊まっていってほしいみたいだ」

詞子は上目で、雅遠をちらと見て、わざと首を傾げてみせた。

「聞き違いではございませんか」

「いや、ちゃんと聞いたぞ、泊まっていってくれって。ほら、もう一回言ってみろ」

「……今日は、泊まっていかれますか？」

「あ、こいつめ」

雅遠が唇を尖らせ、額で頭を小突いてくる。

恐ろしい記憶も、やさしい記憶も、すべて同じ時の流れの中。

日々を重ねるうちに、やさしい思い出が、寂しい過去より勝ればいい。

いつか――

「こら、もう一回言えってば。俺に泊まっていくかどうかを尋ねるのと、そなたが俺に、泊まっていってくれって頼むのとじゃ、大違いなんだぞ。わかってるのか、桜姫。……なぁ、言ってくれってば……」

次第に懇願するような口調になってきた雅遠の腕の中で、詞子は小さく、声を立てて笑っていた。

帰路

軋《きし》んだ音を立てながら揺れる牛車の中、それまで目を閉じていた登花殿の女御が、目を瞬かせる。

ふーっと大きく息を吐いた。女御が眠っていたのだと思っていた女房の松虫は、

「起きておいででしたか」

「寝てはいないわ。……少し目をつぶっていただけ」

「白河の方々にはよくしていただきましたが、やはり慣れない場所にずっといらして、お疲れになったのではございませんか」

「そうでもないわ。まさか宰相の叔父上が下手人だったなんてと思ったら、ため息のひとつもつきたくなっただけよ」

　そう言って、女御は乾いた笑みを浮かべた。

藤原吉親——女御の叔母の夫。好意よりも憎しみを向けられるほうが多い立場とはいえ、まさかそこまで近い相手だったとは、たしかに思わなかった。

いや、理由を聞けば、近い相手ゆえ、とも言えるわけだが。

「あちらのお家は……これから大変でございますね」

「本当よ。大君と中の君が気の毒だわ。特に大君は、そもそも後宮に興味なんてなかったでしょうに」

「姫様の入内の折にも、大君はとても自分には無理だと言っておいでてしたね」

「せめて大君と中の君には累が及ばないようにできればいいけど、わたしの身の上でそんなに口出しはできないし……」

女御はうつむいて、もう一度大きく息を吐き——そして勢いよく顔を上げた。

「いいえ、駄目ね。これからはもっと図々《ずうずう》しくならなくちゃ」

「姫様——」

「白河の姫君に、勝つって言ってしまったもの。誰よりも大きな顔をしてやるわ」

悪戯を思いついた少女のような笑顔に、松虫の頬も緩む。

いつもの女御だ。負けん気が強くて好奇心旺盛で、どんなときも前を向こうとする。

「御所に戻るのが楽しみでございますね」

「ええ。うんと華やかなものを着て帰るわよ」

「……姫様。姫様は一応、病で宿下がりしていたことになっているのですよ?」

「あら、いいじゃない。病み上がりに派手な格好をしたって」

松虫の苦笑を見て、女御は声を上げて笑った。


――本書のプロフィール――

本作は、小学館ルルル文庫より刊行された「桜嵐恋絵巻　～火の行方～」に加筆・修正し、書き下ろし「帰路」を加えたものです。

小学館文庫

桜嵐恋絵巻《おうらんこいえまき》
火《ひ》の行方《ゆくえ》

著者　深山《みやま》くのえ

二〇二四年九月十一日　初版第一刷発行

発行人　庄野　樹
発行所　株式会社 小学館
〒一〇一-八〇〇一
東京都千代田区一ツ橋二-三-一
電話　編集〇三-三二三〇-五六一六
販売〇三-五二八一-三五五五
印刷所 ―――― TOPPAN株式会社

この文庫の詳しい内容はインターネットで24時間ご覧になれます。
小学館公式ホームページ　https://www.shogakukan.co.jp

ISBN978-4-09-407391-1